इमरान सीरीज़

4

ख़ौफ़ का सौदागर

लौट आये हैं इब्ने सफ़ी

इमरान सीरीज़ के पहले सात उपन्यास लेकर

1. ख़ौफ़नाक इमारत
2. चट्टानों में आग
3. बहुरूपिया नवाब
4. ख़ौफ़ का सौदागर
5. जहन्नुम की अप्सरा
6. नीले परिन्दे
7. साँपों के शिकारी

इब्ने सफ़ी

ख़ौफ़ का सौदागर

सम्पादक

नीलाभ

अनुवादक

चौधरी ज़िया इमाम

हार्परकॉलिंस पब्लिशर्स इंडिया

हार्पर हिन्दी
(हार्परकॉलिंस पब्लिशर्स इंडिया, ए जॉइंट वेंचर विद द इंडिया टुडे ग्रुप)
द्वारा 2009 में प्रकाशित

4th फ्लोर, टावर A, बिल्डिंग नं. 10, डीएलएफ साइबर सिटी,
डीएलएफ फेज II, गुरुग्राम, हरियाणा – 122002, भारत
www.harpercollins.co.in

ISBN : 978-81-7223-891-9

टाइपसेटर : निओ साफ़्टवेयर कन्सलटैंट्स
मुद्रक : माइक्रो प्रिंट इण्डिया, नई दिल्ली

MIX
Paper
FSC FSC™ C218906

This product is made of FSC®-certified and other controlled material.
HarperCollins *Publishers*, Macken House, 39/40 Mayor Street Upper, Dublin 1, D01 C9W8, Ireland

दो शब्द

दोआबे की मिलवाँ ज़बान, गठे हुए कथानक, अन्त तक सनसनी बनाये रखने की क्षमता और उनके जासूसों इन्स्पेक्टर फ़रीदी और अली इमरान द्वारा थोड़े-बहुत शारीरिक उद्यम के बावजूद दिमाग़ी कसरत से ही 'अपराधी कौन ?' का जवाब ढूँढने की क़ूवत ने इब्ने सफ़ी को निर्विवाद रूप से एक लम्बे समय तक जासूसी उपन्यास के प्रेमियों का चहेता बना रखा था जिनमें इन पंक्तियों का लेखक भी शामिल है। इब्ने सफ़ी की एक विशेषता यह भी थी कि जहाँ 'भयंकर भेदिया,' 'भयंकर जासूस' और एम.एल. पाण्डे के उपन्यास सिर्फ़ हिन्दी में छपते, 'जासूसी दुनिया' और इमरान वाली सीरीज़ हिन्दी-उर्दू दोनों ज़बानों में शाया होती। उर्दू में जो उपन्यास प्रकाशित होता, उसमें जासूस इन्स्पेक्टर अहमद कमाल फ़रीदी और फ़रीदी का सहायक सार्जेंट हमीद होते, जबकि हिन्दी में फ़रीदी का नाम कर्नल विनोद हो जाता, हमीद ज्यों-का-त्यों रहता। यही हाल इब्ने सफ़ी के इमरान सीरीज़ के उपन्यासों का था, जहाँ हिन्दी प्रारूप में इमरान राजेश हो जाता। इसे भी उस ज़माने के साम्प्रदायिक मेल-मिलाप की फ़िज़ा का एक सबूत माना जा सकता है। फिर इब्ने सफ़ी का

यह कमाल था और इसे मैं उनकी उर्दू तरबियत ही की देन कहना चाहूँगा कि वे अपने जासूसी उपन्यासों में बड़े चुटीले हास्य-भरे प्रसंग भी बीच-बीच में गूँथ देते। यानी उनके किरदार किसी दूसरी दुनिया के अपराजेय नायक नहीं थे, बल्कि हाड़-माँस के इन्सान थे। कभी-कभार अपराधियों से ग़च्चा भी खा जाते थे। कभी-कभार एक-दूसरे से मज़ाक़ भी कर लेते थे।

इमरान सीरीज़ तक आते-आते इब्ने सफ़ी की हुनरमन्दी इस परवान पर चढ़ चुकी थी कि वे प्लॉट और उसके विभिन्न प्रसंगों के साथ-साथ चरित्र-चित्रण भी ग़ज़ब का करने लगे थे। पहले अगर उनके मन में कुछ रुकावटें रहीं तो वे इमरान सीरीज़ तक आते-आते दूर हो चुकी थीं और अब उन्हें ऐसे लोगों की अच्छाइयों को भी उजागर करने से कोई गुरेज़ नहीं था जो अमूमन समाज की नज़र में अच्छे नहीं समझे जाते। मिसाल के लिए इमरान सीरीज़ के चौथे उपन्यास 'भयानक आदमी' में, जो हम यहाँ पेश कर रहे हैं, एक पात्र है ऐंग्लो-इण्डियन लड़की रूशी, जिसका पेशा हाई क्लास वेश्या का है - मर्दों को फँसाना और फिर उनसे पैसा कमाना। लेकिन जब इमरान शादाब नगर के मामले को सुलझाने वहाँ पहुँचता है और रूशी उससे रू-ब-रू होती है तो उसके कठोर दिल में कुछ दूसरी ही भावनाएँ पैदा होने लगती है। और वह इमरान की मदद करने का फ़ैसला करती है। ऐसी नेकी रूशी को किन ख़तरों में डाल देती है इसका रोमांचक ब्योरा तो आप उपन्यास में पढ़ेंगे, लेकिन रूशी का किस्सा यहीं ख़त्म नहीं होता, बल्कि जब वह अपनी पुरानी ज़िन्दगी को बदल कर नयी ज़िन्दगी जीने का इरादा इमरान को बताती है तो वह उसे अपनी सहायक बना कर ले आता है। 'ख़ौफ़ का सौदागर' यों तो

तस्करी के प्लॉट पर आधारित है, लेकिन इसमें जिन पात्रों को इब्ने सफ़ी ने चित्रित किया है, उनका असर पाठकों पर बहुत गहरा पड़ता है।

हमें विश्वास है कि आप जब इस क़िस्से से गुज़रते हुए उस आदमी के कारनामों से रू-ब-रू होंगे जिसका एक कान आधा कटा हुआ है, जो करोड़ों की तस्करी करने के लिए ख़ुद अपने जहाज़ में मामूली मल्लाह की नौकरी करता है और ऐसी-ऐसी हिकमतों में माहिर है जो उसकी शैतानियत को और भी बढ़ा देती हैं तो आप प्रभावित हुए बिना नहीं रहेंगे।

तो आइए, खोलिए पहला सफ़ा और तैयार हो जाइए 'ख़ौफ़ का सौदागर' से मिलने के लिए।

नीलाभ

ख़ौफ़ का सौदागर

१

रूशी उसे बहुत देर से देख रही थी! वह दोपहर ही को होटल में जा घुसा था और अब शाम के सात बज रहे थे! समन्दर की तरफ़ से आने वाली हवाएँ कुछ बोझिल-सी हो गयी थीं...

जब वह होटल में गया था तो रूशी की मेज़ के अलावा और सारी मेज़ें ख़ाली पड़ी थीं, लेकिन अब होटल में तिल धरने की भी जगह नहीं थी।

वह एक ख़ूबसूरत नौजवान था, लेकिन यह कोई ऐसी ख़ास बात नहीं थी जिसकी बिना पर रूशी उसकी तरफ़ देखती! इसी होटल में उसने अब से पहले दर्जनों ख़ूबसूरत आदमियों के साथ सैकड़ों रातें गुज़ारी थीं, इसलिए अब उसकी नज़रों में सेक्सुअल कशिश कोई मानी नहीं रखती थी।

रूशी एक ऐंग्लो-इण्डियन औरत थी....कभी लड़की भी रही होगी, लेकिन अब यह बहुत पुरानी बात हो चुकी थी! यह उस वक़्त की बात है जब सिंगापुर पर जापानियों ने बमबारी की थी और जिधर जिसके सींग समाये थे, भाग निकला था! रूशी चौदह साल की थी! उसका बाप सिंगापुर का बहुत बड़ा व्यापारी था। लेकिन बहुत बड़े व्यापारी की बेटी होने का मतलब

यह तो नहीं कि रूशी तीन दिन भूखे रहने के बाद एक कप चाय के बदले लड़की से औरत न बन जाती! हो सकता है कि उसके बाप को एक कप चाय भी मयस्सर न हुई हो, क्योंकि उसमें लड़की से औरत बनने की सलाहियत तो थी नहीं.... बहरहाल, रूशी उसके अंजाम से आज भी वाक़िफ़ नहीं थी और अब वह एक पच्चीस साल की मज़बूत औरत थी। लेकिन ग्यारह साल पहले की रूशी नहीं थी....चाय का वह कप उसे आज भी याद था....और वह अब तक ऐसे दर्जनों आदमियों को एक-एक कप चाय के लिए मुहताज कर चुकी थी।

अब उसके पास एक अच्छा आरामदायक फ़्लैट था, दुनिया की सारी चीज़ें मुहैया थीं और उसे यक़ीन था कि अब वह कभी भूखों नहीं मरेगी।

यह होटल उसके कारोबार के लिए बहुत अच्छी जगह थी और वह ज़्यादातर रातें यहीं गुज़ारती थी। यह होटल कारोबार के लिए यूँ अच्छा था कि बन्दरगाह यहाँ से क़रीब थी और दिन-रात यहाँ विदेशियों का ताँता बँधा रहता था जिनमें ज़्यादातर गोरी नस्ल के लोग होते थे....और यह होटल चलता भी उन्हीं के दम से था, वरना आम शहरी इधर का रुख़ भी नहीं करते थे, मगर रूशी उस नौजवान में दिलचस्पी इसलिए ले रही थी कि वह कोई अफ़सर नहीं था।

बात दरअसल यह थी कि वह जब से आया था, क़दम-क़दम पर उससे बेवक़ूफ़ियाँ हो रही थीं। जैसे ही वेटर ने उसे सलाम किया, उसने भी बाक़ायदा न सिर्फ़ उसके सलाम का जवाब दिया, बल्कि गुज़ारिश के अन्दाज़ में खड़े हो कर उससे हाथ भी मिलाने लगा और काफ़ी देर तक उसके बाल-बच्चों

की ख़ैरियत पूछता रहा

पहले उसने चाय मँगवायी....और ख़ामोश बैठा रहा! हालाँकि चाय ठण्डी हो गयी फिर एक घूँट ले कर बुरा-सा मुँह बनाने के बाद उसने चाय वापस करके कॉफ़ी का ऑर्डर दिया।

कॉफ़ी शायद ठण्डी चाय से ज़्यादा बदमज़ा मालूम हुई और उसने कुछ इस तरह का मुँह बनाया जैसे उसे उबकाई आ रही हो। फिर उसने कॉफ़ी भी वापस कर दी और एक के बाद एक ठण्डे पानी के कई गिलास चढ़ा गया।

अँधेरा फैल गया और होटल में बिजली के क़ुमक़ुमे जगमगाने लगे, लेकिन उस बेवक़ूफ़ नौजवान ने शायद वहाँ से न उठने की क़सम खा ली थी।

रूशी की दिलचस्पी बढ़ती रही। वह भी अपनी जगह पर जम-सी गयी थी।

रात के खाने का वक़्त होने से पहले ही मेज़पोश बदल दिये गये और मेज़ों पर ताज़ा फूलों के गुलदानों के साथ ही ऐसे गिलास भी रखे गये जिनमें नैपकिन लगे हुए थे।

उस बेवक़ूफ़ नौजवान ने अपनी कुर्सी पीछे खिसका ली थी और एक वेटर उसकी मेज़ भी ठीक कर रहा था। वेटर के हटते ही वह एक गुलाब का फूल गुलदान से निकाल कर सूँघने लगा। वह ख़यालों में खोया हुआ लग रहा था और उसने एक बार भी अपने आस-पास देखने की जरूरत नहीं समझी थी। शायद वह वहाँ ख़ुद को अकेला महसूस कर रहा था।

रूशी उसे देखती रही और अब वह न जाने क्यों उसमें ख़ास क़िस्म की कशिश महसूस करने लगी थी...उसने कई बार

वहाँ से उठना भी चाहा, लेकिन कामयाब न हुई।

इतने में खाने का वक़्त हो गया और उस नौजवान ने खाने का ऑर्डर दिया। फूल अभी तक उसकी चुटकी में दबा हुआ था जिसे वह कभी सूँघने लगता और कभी आँखें बन्द करके इस तरह उससे अपना गाल सहलाने लगता जैसे ज़रूरी तौर पर ऐसा कर रहा हो।

खाना मेज़ पर लगा दिया गया था, लेकिन वह बदस्तूर ख़ामोश बैठा रहा। वह अब भी कुछ सोच रहा था और ऐसा लग रहा था जैसे वेटर के आने और खाने की मौजूदगी का उसे पता न चला हो।

रूशी अब भी उसे देख रही थी। दूसरे ही पल में उसने इतना बुरा-सा मुँह बनाया कि रूशी को बेसाख़्ता हँसी आ गयी। उसके मुँह से कुचले हुए फूल के टुकड़े फिसल-फिसल कर गिर रहे थे।

"ब्वॉय।" उसने रो देने जैसे अन्दाज़ में वेटर को आवाज़ दी और कई लोग चौंक कर उसे घूरने लगे! डाइनिंग हॉल अब काफ़ी आबाद हो चुका था। शायद पाँच मेज़ें ख़ाली होंगी।

"सब चौपट," उसने वेटर से नर्म आवाज़ में कहा "सब ले जाओ....बिल लाओ।"

"बात क्या है जनाब?" वेटर ने पूछा।

"बात कुछ नहीं। सब तक़दीर की ख़राबी है....आज किसी चीज़ में भी मज़ा नहीं आ रहा!" नौजवान ने कहा, "बिल लाओ।"

वेटर बर्तन समेट कर वापस चला गया, लेकिन उसे वापस आने में देर नहीं लगी! नौजवान ने प्लेट में रखे हुए पर्चे पर नज़र डाली और अपनी जेबें टटोलने लगा।

फिर देखते-ही-देखते उसकी जेबों से नोटों की कई गड्डियाँ निकल आयीं, जिन्हें वह मेज़ पर डालता हुआ खड़ा हो गया और अब वह अपनी अन्दर की जेबें टटोल रहा था।

आख़िर उसने एक खुली हुई गड्डी निकाली और उसमें से सौ का एक नोट खींच कर प्लेट में रख दिया।

रूशी की आँखें हैरत से फैल गयी थीं और वह नौजवान बड़ी लापरवाही से मेज़ पर पड़ी हुई नोटों की गड्डियों को कोट की जेबों में ठूँस रहा था।

रूशी ने चारों तरफ़ नज़र दौड़ायी और उसने देखा कि डाइनिंग हॉल के सारे लोग उस बेवक़ूफ़ को बुरी तरह घूर रहे हैं....उसे वहाँ कुछ बुरे लोग भी दिखाई दिये जो ललचायी हुई नज़रों से उसे देख रहे थे।

रूशी अपनी जगह से उठी और धीरे-धीरे चलती हुई उस बेवक़ूफ़ की मेज़ के क़रीब पहुँच गयी। वह जानती थी कि उसका क्या हश्र होने वाला है। डाइनिंग हॉल के बाद दूसरे ही कमरे में बहुत ही बड़े पैमाने पर जुआ होता था....वह जानती थी कि अभी दो-तीन दलाल उस नौजवान को घेर कर उस कमरे में ले जायेंगे....और कुछ घण्टों के अन्दर ही वह कौड़ी-कौड़ी को मुहताज हो जायेगा।

"कहो तोते, अच्छे तो हो!" रूशी ने नौजवान के कन्धे पर हाथ रख कर बेतकल्लुफ़ी से कहा जैसे वह न सिर्फ़ उसे

जानती हो, बल्कि दोनों गहरे दोस्त भी हों।

नौजवान चौंक कर उसे बेवक़ूफ़ों की तरह देखने लगा। उसके होंट खुले हुए थे और आँखें हैरत से फैल गयी थीं।

"अब तुम कहोगे कि तुमने मुझे पहचाना ही नहीं।" रूशी इठला कर बोली और कुर्सी खींच कर बैठ गयी। दूसरी तरफ़ जुआख़ाने के दलाल एक-दूसरे को देख कर मुस्कुरा रहे थे।

"आ हा! क्या तुम्हें बोलना नहीं आता!" रूशी फिर बोली।

"मम....दो....हिप!" नौजवान हकला कर रह गया।

"तुम शायद पागल हो!" वह मेज़ पर कोहनियाँ टेक कर आगे झुकती हुई धीरे से बोली! "इस ख़तरनाक इलाक़े में अपनी अमीरी जताते फिरने का यही मतलब हो सकता है?"

"ख़तरनाक इलाक़ा!" नौजवान आँखें फाड़ कर कुर्सी की पीठ से टिक गया।

"हाँ मेरे तोते! क्या तुम पहली बार यहाँ आये हो?"

नौजवान ने "हाँ" में सिर हिला दिया।

"क्यों आये हो?"

"उसने यहीं मिलने का वादा किया था!" नौजवान ने शर्मा कर कहा

"किसने....? क्या कोई लड़की है?"

नौजवान ने फिर सिर हिला दिया, लेकिन इस बार उसने शर्म के मारे उससे आँखें नहीं मिलायीं! वह किसी ऐसी कुँवारी लड़की की तरह शर्मा रहा था जिसके सामने उसकी शादी की

बात छेड़ दी गयी हो।

रूशी ने उस पर नज़र डाली।

"अगर उसने यहाँ मिलने का वादा किया था तो वह कोई अच्छी लड़की नहीं हो सकती।"

"क्यों!" नौजवान चौंक कर बोला।

"लेकिन यह तो बताओ कि तुम इतने रुपये क्यों साथ लिये फिर रहे हो?" रूशी ने उसके सवाल को नज़रअन्दाज़ करते हुए पूछा।

"जब तक इतनी ही रक़म मेरी जेब में न हो....मैं घर से बाहर नहीं निकलता।"

अचानक एक दलाल ने रूशी को इशारा किया। शायद इस इशारे का यही मतलब था कि उसे जुआख़ाने ले चलो.... लेकिन रूशी ने उसकी तरफ़ से मुँह फेर लिया।

"तब तो हो सकता है कि यह तुम्हारी ज़िन्दगी की आख़िरी रात हो।" रूशी ने नौजवान से कहा।

"क्यों बेकार में डरा रही हो?" नौजवान डरी हुई आवाज़ में बोला। "मैं यूँ ही बड़ा बदनसीब आदमी हूँ। पेट भर कर खाना नहीं खा सकता! कोई चीज़ ठण्डी मालूम होती है और कोई चीज़ कड़वी! बड़ा थर्ड क्लास होटल है। मेरे नाना के गाँव वाली सराय में यहाँ से अच्छा खाना मिलता है।"

रूशी अजीब नज़रों से उसे देख कर रह गयी। कुछ देर ख़ामोशी छायी रही, फिर वह उठता हुआ बोला। "अच्छा, अब मैं चलूँ।"

"शायद तुम इस शहर के ही नहीं हो!" रूशी ने उदास हो कर कहा

"क्या तुम अन्दर की बातें भी बता सकती हो?" नौजवान ने हैरत से कहा! वह फिर बैठ गया!

"यहाँ से निकलने के बाद तुम्हें सड़क तक पहुँचने के लिए एक वीरान रास्ते से हो कर जाना पड़ेगा।" रूशी ने कहा "हो सकता है कि तुम चीख़ भी न सको और कई इंच लम्बा ठण्डा लोहा तुम्हारे जिस्म में उतर जाये।"

"मैं समझा नहीं।"

"तुम बाहर मार डाले जाओगे बुद्धू!" रूशी दाँत पीस कर बोली। "क्या तुमने इस इलाक़े की ख़तरनाक वारदातों के बारे में अख़बारों में भी नहीं पढ़ा।"

"मैं कुछ नहीं जानता!" नौजवान ने बेचैनी से पहलू बदल कर कहा

"वह लड़की किस वक़्त आयेगी?"

"ओह अब तो आठ बज गये! उसने सात बजे मिलने का वादा किया था।"

"तुम उसे कब से जानते हो?"

"कल से।"

"क्या मतलब?"

"हाँ....हाँ कल से। कल वह मुझे रेलवे वेटिंग-रूम में मिली थी।"

"और तुम आज यहाँ दौड़े आये, वाक़ई बुद्धू हो।"

"बात यह है....कि....कि...."

"बेकार बातें न करो! तुम्हारे लिए दोनों सूरतें ख़तरनाक हैं, लेकिन एक में जान जाने का ख़तरा नहीं! अलबत्ता लुट जरूर जाओगे।"

"तुम्हारी कोई बात मेरी समझ में नहीं आ रही!"

"बाहर फैले हुए अँधेरे पर एक ख़तरनाक आदमी की हुकूमत है और वह आदमी कभी-कभी यूँ ही खेल-खेल में किसी-न-किसी को ज़रूर क़त्ल कर देता है। मगर तुम....तुम तो सोने की चिड़िया हो, इसलिए तुम्हें जान और माल, दोनों से हाथ धोने पड़ेंगे।"

"किस मुसीबत में फँस गया।" नौजवान रुआँसी आवाज़ में बोला।

"जब तक मैं उठने को न कहूँ, ख़ामोशी से यहीं बैठे रहो।" रूशी ने कहा

"लेकिन....तुमने यहाँ भी किसी ख़तरे का बयान किया था।"

"यहाँ तुम लुट जाओगे, प्यारे तोते!" रूशी ने मुस्कुरा कर पलकें झपकाते हुए कहा, "उधर जुआ होता है और जुआख़ाने के दलाल तुम्हारी ताक में हैं।"

"वाह....वा...." बेवक़ूफ़ ने हँस कर कहा "यह तो बड़ी अच्छी बात है! मैं जुआ खेलना पसन्द करूँगा। मुझे वहाँ ले चलो।"

"ओह! मैं समझी! तुम यहाँ जुआ खेलने आये हो?"

"नहीं....यह बात नहीं....उफ़ वह अभी तक नहीं आयी....अरे भई, क़सम ले लो....मैं जुआ खेलने की नीयत से नहीं आया था, मगर अब खेलूँगा ज़रूर। ऐसे मौक़े रोज़-रोज़ नहीं मिलते।"

"यानी तुम हक़ीक़त में जुआरी नहीं हो?"

"नहीं! मैं यह भी नहीं जानता कि जुआ खेला किस तरह जाता है।"

"तब फिर कैसे खेलोगे।?"

"बस, किसी तरह! सिर्फ़ एक बार तजरुबे के लिए खेलना चाहता हूँ! सच कहता हूँ, ऐसा मौक़ा फिर कभी नहीं मिलेगा।"

"कैसा मौक़ा?"

"बात यह है!" बेवक़ूफ़ आगे झुक कर राज़ के अन्दाज़ में बोला। "यहाँ न डैडी हैं और न मम्मी!

रूशी उसकी इस बात पर हँस पड़ी, लेकिन उस नौजवान के चेहरे पर बेवक़ूफ़ी को देख कर फिर संजीदा हो गयी और न जाने क्यों उस वक़्त वह ख़ुद को भी बेवक़ूफ़ समझने लगी थी।

"डैडी और मम्मी!" नौजवान फिर बोला। "मुझे कड़ी पाबन्दियों में रखते हैं, लेकिन मैं दुनिया देखना चाहता हूँ। मैं अब बड़ा हो गया हूँ न....है कि नहीं....देख लो, वह अब तक नहीं आयी....।"

"मैं तुम्हें जुआ न खेलने दूँगी, समझे!"

"क्यों....! वाह....अच्छी रही! तुम हो कौन मुझे रोकने वाली। मैंने आज से पहले कभी तुम्हें देखा तक नहीं।"

"तुम जुआ नहीं खेलोगे!" रूशी अपना ऊपरी होंट भेंच कर बोली!

"देखता हूँ। तुम कैसे रोकती हो मुझे!"

इतने में जुआख़ाने का एक दलाल अपनी जगह से उठ कर उनकी मेज़ की तरफ़ बढ़ा। सूरत ही से ख़तरनाक आदमी मालूम हो रहा था। चेहरे पर घनी मूँछें थीं और थोड़ा खुले हुए होंटों से उसके दाँत दिखाई देते थे। आँखों से दरिन्दगी झाँक रही थी। वह एक कुर्सी खींच कर रूशी के सामने बैठ गया।

"क्या ये तुम्हारे दोस्त हैं?" उसने रूशी से पूछा।

"हाँ!" रूशी ने तेवर में जवाब दिया।

"क्या पहली बार यहाँ आये हैं?"

"हाँ। हाँ!" रूशी झल्ला गयी।

"नाराज़ मालूम होती हो।" वह लगावट के अन्दाज़ में बोला।

"जाओ! अपना धन्धा देखो। यह ज़ुआरी नहीं है!"

"मैं ज़रूर जुआ खेलूँगा।" बेवक़ूफ़ ने मेज़ पर घूँसा मार कर कहा, "तुम मुझे नहीं रोक सकतीं! समझीं!"

"ओह, यह बात है!" दलाल रूशी को घूरने लगा। उसकी आँखों में नाराज़गी की झलक उभर रही थी। फिर वह बेवक़ूफ़ की तरफ़ मुड़ कर बोला। "नहीं मिस्टर, आपको कोई नहीं रोक सकता। आप जैसे ख़ुशक़िस्मत लोग यहाँ से हज़ारों रुपये बटोर

कर ले जाते हैं और आपका यह चौड़ा माथा आ-हा-हा....जीत और तक़दीर की निशानी है। मेरे साथ आइए। मैं आपको यहाँ खेलने के गुर बताऊँगा। जीत पर सिर्फ़ पन्द्रह फ़ीसदी कमीशन.... बोलिए, ठीक है न।"

"बिलकुल ठीक है यार!" बेवक़ूफ़ उसके फैले हुए हाथ पर हाथ मारता हुआ बोला। "उठो।"

रूशी वहीं बैठी रह गयी और वे दोनों उठ कर जुआख़ाने की तरफ़ चले गये।

◀◀ ● ▶▶

२

रूशी बेकार में बोर हो रही थी। उसे तकलीफ़ पहुँची थी। न जाने क्यों? वह जहाँ थी, वहीं बैठी रही। उसके ज़ेहन में आँधियाँ-सी उठ रही थीं। बड़ी अजीब बात थी। आज उससे पहली मुलाक़ात थी। वह भी ज़बर्दस्ती की! लेकिन इसके बावजूद वह महसूस कर रही थी जैसे उस बेवक़ूफ़ के रवैये की वजह से बरसों पुरानी दोस्ती टूट गयी हो। उसने उसका कहना क्यों नहीं माना, उसकी बात क्यों रद्द कर दी।

फिर उसे अपनी इस बेवक़ूफ़ी पर हँसी आने लगी। आख़िर वह उसे मना करने वाली होती ही कौन है....! पता नहीं वह कौन है? कहाँ से आया है? कल कहाँ होगा? ऐसे आदमी के लिए इस क़िस्म का जज़्बा रखना बेवक़ूफ़ी नहीं तो और क्या है। इससे पहले एक नहीं, सैकड़ों आदमियों से मिल चुकी थी और उन्हें अच्छी तरह लूटते वक़्त भी उसके दिल में रहम का जज़्बा नहीं जागा था, लेकिन इस बेवक़ूफ़ नौजवान को दूसरों के हाथों लुटते देख कर न जाने क्यों उसकी इन्सानियत जाग उठी थी! उसे ऐसा लग रहा था जैसे उसका कोई नालायक़ लड़का उसका दिल तोड़ गया हो।

"जहन्नुम में जाये।" वह धीरे से बड़बड़ायी और वेटर को बुला कर एक पेग ह्विस्की का ऑर्डर दिया।

फिर उसने इस तरह अपने सिर को झटका दिया जैसे उस बेवक़ूफ़ के ख़याल से पीछा छुड़ाना चाहती हो।

उसने सोचा कि वह पी चुकने के बाद यहाँ से उठ जायेगी। ज़रूर उठ जायेगी।

लेकिन उठ जाने की कोशिश के बावजूद भी वह वहीं बैठी रही....सोचती रही....उसी बेवक़ूफ़ नौजवान के बारे में....एक घण्टा गुज़र गया और फिर वह उसे दोबारा दिखाई दिया।

वह जुआख़ाने के दरवाज़े में खड़ा अपने चेहरे से पसीना पोंछ रहा था। दोनों की नज़रें मिलीं और वह तीर की तरह उस मेज़ की तरफ़ आया।

"तुम ठीक कहती थीं!" वह एक कुर्सी पर बैठ कर हाँफता हुआ बोला। "मैंने तीन हज़ार रुपये गवाँ दिये।"

रूशी उसे घूरती रही फिर दाँत पीस कर बोली। "जाओ, चले जाओ, वरना उल्टा हाथ रसीद कर दूँगी।"

"नहीं....मैं नहीं जाऊँगा....तुमने कहा था कि बाहर ख़तरा है।"

रूशी ख़ामोश हो गयी। वह कुछ सोच रही थी।

"बताओ, मैं क्या करूँ।" बेवक़ूफ़ ने फिर कहा।

"जहन्नुम में जाओ।"

"मैं कितना गधा हूँ।" बेवक़ूफ़ ख़ुद से बोला। "भला यह बेचारी क्या बतायेगी।"

बेवक़ूफ़ कुर्सी से उठ गया! रूशी बुरी तरह झल्लायी हुई थी! उसने ज़र्रा बराबर भी परवाह नही की। वह उसे बाहर जाते देखती रही।

अचानक उसके ख़यालों की लहर ने पलटी खायी और वह फिर उसके लिए बेचैन हो गयी! उसके ज़ेहन में बाहर के अँधेरे का ख़याल रेंगने लगा और वह ग़ुस्से के अन्दाज़ में खड़ी हो गयी.... वह फिर उस बेवक़ूफ़ के बारे में सोच रही थी। उसने सिर्फ़ तीन हज़ार गँवाये थे, लेकिन उसके बाद भी उसकी जेबों में काफ़ी रक़म होगी। वे बड़े नोटों की कई गड्डियाँ थीं....यक़ीनन तीस या चालीस हज़ार, या हो सकता है उससे भी ज़्यादा....

उसने बड़ी तेज़ी से अपना बैग उठाया और होटल से निकल गयी। बाहर गहरा अँधेरा फैला हुआ था। काफ़ी दूरी पर उसे एक अँधेरा साया नज़र आ रहा था! ख़ामोश परछाईं....जो उस बेवक़ूफ़ के अलावा और कोई नहीं हो सकता था....सामने छोटे-छोटे टीले थे और बायीं तरफ़ मीलों तक घनी झाड़ियों का सिलसिला फैला हुआ था। सड़क तक पहुँचने के लिए उन टीलों के बीच से गुज़रना ज़रूरी था, लेकिन मौजूदा हालात को मद्देनज़र रखते हुए यह वक़्त उसके लिए ठीक नहीं था। ख़ुद पुलिस उस इलाक़े को ख़तरनाक क़रार दे चुकी थी।

रूशी दिल-ही-दिल में ख़ुद को बुरा-भला कह रही थी। उसने उसको उधर जाने से क्यों न रोका। उसने उसे वह रास्ता

क्यों न बता दिया जो बन्दरगाह की तरफ़ जाता था।

अब वह इस उलझन में पड़ गयी थी वह उसे किस तरह आवाज़ दे। वह उसका नाम भी नहीं जानती थी।

अचानक उसे थोड़ी दूर पर एक दूसरी परछाईं दिखाई दी जो पहली परछाईं के पीछे थी और अचानक किसी टीले की ओट से निकली थी। फिर उसने उसे पहली परछाईं पर झपटते देखा। और वह अपनी चीख़ को किसी तरह न दबा सकी, जो उसके सँभलने से पहले ही सन्नाटे में दूर तक लहराती चली गयी थी।

दोनों परछाइयाँ गुत्थम-गुत्था हो कर ज़मीन पर गिरीं....फिर एक फ़ायर हुआ और एक परछाईं उछल कर झाड़ियों की तरफ़ भागी।

रूशी बदहवासी में सीधी दौड़ी चली गयी।

उसने तारों की छाँव में एक आदमी को ज़मीन पर पड़े देखा....दूसरा ग़ायब हो चुका था।

उसे यक़ीन था कि वह उस बेवक़ूफ़ आदमी के अलावा और कोई नहीं हो सकता....

"क्या हुआ!" वह बौखलाये हुए अन्दाज़ में उस पर झुक गयी।

"नींद आ रही है।" बेवक़ूफ़ ने थर्रायी हुई आवाज़ में जवाब दिया।

"उठो!" वह उसे झिंझोड़ने लगी। "भागो, पूरी ताक़त से होटल की तरफ़ भागो।"

बेवक़ूफ़ उछल कर खड़ा हो गया और फिर उसने बड़ी फुर्ती से रूशी को कन्धे पर लाद कर होटल की तरफ़ भागना शुरू कर दिया। रूशी "अरे, अरे" ही करती रह गयी।

फिर थोड़ी ही देर बाद दोनों एक-दूसरे के सामने खड़े हाँफ रहे थे और वे होटल के मेन गेट के क़रीब थे। फ़ायर और चीख़ की आवाज़ सुन कर यहाँ पहले ही से भीड़ इकट्ठी हो गयी थी।"

"कहीं चोट तो नहीं आयी?" रूशी ने उससे पूछा।

"चोट आयी नहीं, बल्कि हो गयी! मैं इस वक़्त कौड़ी-कौड़ी का मुहताज हूँ।"

होटल का मैनेजर उनके पास आया और सीधा अपने कमरे में लेता चला गया।

"आपने बड़ी ग़लती की है।" उसने बेवक़ूफ़ से कहा।

"अरे जनाब! मैं शाम को उधर ही से आया था।"

"क्या आपने सड़क के किनारे लगे हुए बोर्ड पर नज़र नहीं डाली थी जिस पर लिखा है कि सात बजे के बाद इस तरफ़ जाने वालों की जान और माल की हिफ़ाज़त नहीं की जा सकती। यह बोर्ड पुलिस डिपार्टमेंट की तरफ़ से लगाया गया है।"

"मैंने नहीं देखा था।"

"कितनी रक़म गयी?" मैंनेजर ने पूछा।

"सैंतालीस हज़ार....।"

"अफ़सोस!" मैनेजर की आँखें फटी-की-फटी रह गयीं।

"और तीन हज़ार आपके जुआख़ाने में हार गया।"

"मुझे बहुत अफ़सोस है।" मैनेजर ने कहा, "मगर जुआ तो मुक़द्दर का खेल है। हो सकता है कल आप छह हज़ार की जीत में रहें।"

"उठो यहाँ से," रूशी बेवक़ूफ़ का हाथ खींचती हुई बोली।

वे दोनों मैनेजर के कमरे से बाहर निकल आये। एक बार फिर लोग उनके पास इकट्ठा होने लगे थे, लेकिन रूशी उसे उनकी भीड़ से साफ़ निकाल ले गयी।

वे दूसरी तरफ़ के दरवाज़े से पैदल बन्दरगाह की तरफ़ जा रहे थे।

"क्यों तोते, अब क्या ख़याल है?" रूशी ने उससे पूछा।

"अब ख़याल यह है कि मैं अपने रुपये वसूले बग़ैर यहाँ से नहीं जाऊँगा! पचास हज़ार की रकम थोड़ी नहीं होती...."

"लेकिन तुम इतनी रक़म ले कर आये ही क्यों थे?"

"मुझे पचास भैंसें ख़रीदनी थीं।"

"भैंसें।"

"हाँ, भैंसें। और मैं उन भैंसों के बग़ैर वापस नहीं जा सकता, क्योंकि मेरे डैडी ज़रा ग़ुस्सावर क़िस्म के आदमी हैं।"

"क्या वह भैंसों का ब्योपार करते हैं?"

"नहीं। उन्हें भैंसों से इश्क़ है।" बेवक़ूफ़ ने संजीदगी से कहा और रूशी बेसाख़्ता हँस पड़ी।

"अरे....तुम मज़ाक़ समझी हो क्या?" बेवक़ूफ़ ने हैरत

से कहा। "यह हक़ीक़त है कि वह अपने आस-पास ज़्यादा-से-ज़्यादा भैंसें देख कर बहुत ख़ुश होते हैं।"

"वे और क्या करते हैं? यानी उनका कारोबार क्या है?"

"यह तो मुझे मालूम नहीं।"

"तुम पागल तो नहीं हो?" रूशी ने पूछा।

"पता नहीं।"

"अब तुम्हारे पास कितनी रक़म है?"

"शायद एक चवन्नी। रक़म की फ़िक्र न करो। मैं एक-एक पाई वसूल लूँगा।"

"किससे?"

"जिसने छीनी है उससे।"

"तोते, तुम बिलकुल गधे हो।" रूशी हँसने लगी। "पता नहीं ज़िन्दा कैसे हो! वह आदमी अपने शिकारों को ज़िन्दा नहीं छोड़ता।"

"वह आख़िर है कौन...?"

"कोई नहीं जानता। पुलिस वाले इस इलाक़े में क़दम रखते हुए थर्राते हैं। वह अब तक न जाने कितने अफ़सरों को जान से मार चुका है।"

"हो सकता है....मगर मैं अपने रुपये वसूल लूँगा।"

"किस तरह बुड्ढे तोते?"

"कल शाम ही को मैं उन झाड़ियों में छिप जाऊँगा।" रूशी बेतहाशा हँसने लगी।

"तोते, तुम सचमुच पागल हो।" उसने कहा "यह बताओ तुम रुके कहाँ हो?"

"होटल लिबरास्का में।"

"लेकिन अब तुम्हारी जेबें ख़ाली हो चुकी हैं, वहाँ कैसे रहोगे?"

"इसकी फ़िक्र नहीं, वहाँ से किसी ख़ैराती मुसाफ़िरख़ाने में चला जाऊँगा, लेकिन भैंसों के बग़ैर वापसी मुमकिन नहीं है।"

रूशी ख़ामोश हो गयी। बन्दरगाह के क़रीब उसने एक टैक्सी रुकवायी।

"चलो बैठो।"

"मुझे भूख लग रही है।"

"तो अब तुम चाहते हो कि मैं तुम्हें खाना भी खिलाऊँ।" रूशी उसे टैक्सी में धकेलती हुए बोली।

वे दोनों बैठ गये और टैक्सी चल पड़ी।

"तुम यह न समझो कि मैं ग़रीब हूँ....मैंने यह कहा था कि मेरी जेब में एक चवन्नी है। लेकिन ठहरो, मैं उल्लू नहीं हूँ, परदेस में अपना सारा रुपया एक जगह नहीं रखता।

बेवक़ूफ़ ख़ामोश हो कर अपने जूते का फीता खोलने लगा। उसने दोनों जूते उतार दिये और उन्हें उल्टा करके झटकने लगा। दूसरे ही पल उसके हाथ में नोटों की दो गड्डियाँ थीं।"

"ये ढाई हज़ार हैं।" बेवक़ूफ़ ने बड़ी सादगी से कहा।

"अगर अब मैं इन्हें हथिया लूँ तो।" रूशी मुस्कुरा कर बोली।

"तुम हरगिज़ ऐसा नहीं कर सकतीं। मैं तुम्हें डरा दूँगा।"

"डरा दोगे।"

"हाँ। मेरे पास पिस्तौल है और मैंने उस आदमी पर भी फ़ायर किया था।"

"क्या तुम्हारे पास लाइसेंस है?"

"मैं लाइसेंस वग़ैरह की परवाह नहीं करता....यह देखो मैं झूठ नहीं कह रहा।"

बेवक़ूफ़ ने जेब से रिवॉल्वर निकाल कर रूशी की तरफ़ बढ़ा दिया....और रूशी बेतहाशा हँसने लगी। पिस्तौल की चर्खी में पटाखों की रील चढ़ी हुई थी और वह दस रुपये वाला खिलौना पिस्तौल था।

"तोते!" उसने संजीदगी से कहा, "मेरी समझ में नहीं आता कि तुम आदमियों के किस रेवड़ से ताल्लुक़ रखते हो?"

"देखो! तुम बहुत बढ़ी जा रही हो।" बेवक़ूफ़ ग़ुस्से में बोला। "अभी तक तुम मुझे तोता कहती रही हो, लेकिन मैं कुछ नहीं बोला था....लेकिन अब जानवर कह रही हो।"

"नहीं, मैंने जानवर तो नहीं कहा।"

"फिर रेवड़ का और क्या मतलब होता है? भैंस मेरे डैडी की कमज़ोरी है। मेरी नहीं।"

"फिर भी तुम तोते जैसे लगते हो।" रूशी ने छेड़ने वाले अन्दाज़ में कहा।

"हरगिज़ नहीं लगता....तुम झूठी हो....तुम यह साबित नहीं कर सकतीं कि मैं तोता जैसे लगता हूँ।"

"फिर कभी साबित कर दूँगी! यह बताओ कि तुम....!"

लेकिन जुमला पूरा होने से पहले उसकी आवाज़ एक बेसाख़्ता क़िस्म की चीख़ में बदल गयी!

बराबर से गुज़रती हुई एक कार से फ़ायर हुआ था।

"रोको....ड्राइवर....रोको।" बेवक़ूफ़ चीख़ा।

कार एक झटके के साथ रुक गयी। ड्राइवर पहले ही डर गया था....।

दूसरी कार फ़र्राटे भरती हुई अँधेरे में गुम हो गयी। उसकी पीछे की लाल रोशनी भी ग़ायब हो गयी थी। बेवक़ूफ़ रूशी पर झुका हुआ था।

"औरत....ऐ औरत....अर्र....लल....लड़की!" वह उसे झिंझोड़ रहा था।

रूशी की आँखें खुली हुई थीं और वह इस तरह हाँफ रही थी जैसे घोंसले से गिरा हुआ चिड़िया का बच्चा हाँफता है।

बेवक़ूफ़ के झिंझोड़ने पर भी उसके मुँह से आवाज़ न निकली।

"अरे, कुछ बोलो भी....क्या गोली लगी है।"

रूशी ने "नहीं" में सिर हिलाया।

यह हक़ीक़त थी कि वह सिर्फ़ सहम गयी थी! उसने

क़रीब से गुज़रती हुई कार की खिड़की में शोले की लपट देखी थी....और फिर फ़ायर की आवाज़....वरना गोली तो शायद टैक्सी की छत पर फिसलती हुई दूसरी तरफ़ निकल गयी थी।

"यह क्या था साहब!" ड्राइवर ने सहमी हुई आवाज़ में पूछा।

"पटाखा....!" बेवक़ूफ़ सिर हिला कर बोला। "मेरे एक शरारती दोस्त ने मज़ाक़ किया है....। चलो, आगे बढ़ाओ। हाँ....लेकिन अन्दर की लाइट बुझा दो, वरना वह फिर मज़ाक़ करेगा।"

फिर वह रूशी का कन्धा थपकता हुआ बोला। "घर का पता बताओ....ताकि तुम्हें वहाँ पहुँचा दूँ।"

रूशी सँभल कर बैठ गयी उसकी साँसें अभी तक चढ़ी हुई थीं।

"क्या यह वही हो सकता है?" बेवक़ूफ़ ने धीरे से पूछा।

"पता नहीं।" रूशी हाँफती हुई बोली।

"तो अब यह बिलकुल मेरे पीछे पड़ गया!" बेवक़ूफ़ ने बड़े भोलेपन से पूछा।

"ओह....तोते, अब मेरी ज़िन्दगी भी ख़तरे में है।"

"अरे....तुम्हारी क्यों?"

"वह पागल है जिसके भी पीछे पड़ जाये, हर हाल में मार डालता है! ऐसे केस भी हो चुके हैं कि कुछ लोग उसके पहले हमले से बच जाने के बाद दूसरे हमले में मारे गये हैं।"

"आख़िर वह है कौन? और क्या चाहता है? रुपये तो

छीन लिये, फिर अब क्या चाहिए?"

"मैं नहीं जानती कि वह कौन है और क्या चाहता है। बहरहाल, यह सब कुछ तुम्हारी बेवक़ूफ़ी की वजह से हुआ।"

"यानी तुम चाहती हो कि मैं चुपचाप मर जाता।" बेवक़ूफ़ ने बड़ी सादगी से सवाल किया।

"नहीं तोते! तुम्हें इस तरह अपनी अमीरी नहीं दिखलानी चाहिए थी।"

"मुझे क्या मालूम था कि यहाँ के लोग पचास हज़ार जैसी छोटी रक़म पर भी नज़र रख सकते हैं।"

"तुम उसे छोटी रक़म कहते हो।" रूशी ने हैरत से कहा "अरे, मैंने अपनी सारी ज़िन्दगी में इतनी रक़म एक साथ नहीं देखी....तोते! तुम आदमी हो या टकसाल...."

"छोड़ो इन बातों को! तुम कह रही थीं कि तुम ख़ुद को ख़तरे में महसूस कर रही हो।"

"हाँ, यह हक़ीक़त है।"

"कहो तो मैं यह रात तुम्हारे ही साथ गुज़ारूँ।"

"ओह तोते ज़रूर....ज़रूर....एक बात मैंने ज़रूर मार्क की है! तुम बिलकुल तोते होने के बावजूद भी लापरवाह और निडर हो! लेकिन तुम्हारा यह पिस्तौल अभी तक मेरी समझ में नहीं आ सका।"

"अच्छा तो फिर....मैं तुम्हारे साथ ही चल रहा हूँ! लेकिन क्या तुम्हारे घर पर कुछ खाने को मिल सकेगा?"

३

"देखो, यह रहा मेरा छोटा-सा फ़्लैट।" रूशी ने कहा।

वे दोनों फ़्लैट में दाख़िल हो चुके थे और बेवक़ूफ़ इतने इत्मीनान से एक सोफ़े में गिर गया था जैसे वह हमेशा से यहीं रहता आया हो।

"यह फ़्लैट मुझे उस सूरत में और अच्छा मालूम होगा अगर खाने को कुछ मिल जाये।" बेवक़ूफ़ ने संजीदगी से कहा।

"इसके लिए तुम्हें मेरा हाथ बटाना पड़ेगा! मैं यहाँ अकेली रहती हूँ।"

लगभग एक घण्टे के बाद वे खाने की मेज़ पर थे और बेवक़ूफ़ बढ़-चढ़ कर हाथ मार रहा था।

"अब मज़ा आ रहा है।" वह मुँह चलाता हुआ बोला। "उस होटल के खाने बड़े वाहियात होते हैं।"

"तोते....क्या तुम हक़ीक़त में ऐसे ही हो जैसे नज़र आते हो।" वह उसे ग़ौर से देखने लगी।

"मैं समझा नहीं।"

"कुछ नहीं। मैंने अभी तक तुम्हारा नाम तो पूछा ही नहीं।"

"तो अब पूछ लो....लेकिन मुझे अपना नाम बिलकुल पसन्द नहीं।"

"क्या नाम है?"

"इमरान....अली इमरान।"

"क्या करते हो?"

"ख़र्च करता हूँ! जब पैसे नहीं होते तो सब्र करता हूँ।"

"पैसे आते कहाँ से हैं?"

"आह...." इमरान ठण्डी साँस ले कर बोला। "यह बड़ा बेढब सवाल है! अगर किसी इण्टरव्यू में पूछ लिया जाये तो मुझे नौकरी से मायूस होना पड़े। मैं बचपन से यही सोचता आया हूँ कि पैसे कहाँ से आते हैं! लेकिन अफ़सोस, आज तक इसका जवाब नहीं ढूँढ सका! बचपन में सोचा करता था कि शायद रुपये पेड़ पर फलते हैं।"

"बहरहाल, तुम अपने बारे में कुछ बताना नहीं चाहते?"

"अपने बारे में मैंने सब कुछ बता दिया है! लेकिन तुम ज़्यादातर ऐसी ही बातें पूछ रही हो जिनका ताल्लुक़ मुझसे नहीं, बल्कि मेरे डैडी से है।"

"मैं समझी! यानी तुम ख़ुद कोई काम नहीं करते।"

"ओफ़्फ़ोह....! ठीक....बिलकुल ठीक....! कभी-कभी मेरा दिमाग़ आउट हो जाता है....शायद मुझे तुम्हारे सवाल का यही जवाब देना चाहिए था....अच्छा, तुम्हारा क्या नाम है?"

"रूशी!"

"वाक़ई! तुम सूरत ही से रूशी मालूम होती हो!"

"क्या मतलब?"

"फिर वही सवाल! जो कुछ मेरी ज़बान से निकलता है उसे मैं समझा नहीं सकता! बस, यूँ ही कह दिया!"

"नहीं, क्या बात है!" रूशी ने उसकी आँखों में झाँकते हुए पूछा।

"शायद मुझे यह कहना चाहिए था कि तुम्हारा नाम भी तुम्हारी ही तरह....क्या है....अच्छा बताओ क्या कहेंगे बड़ी मुश्किल है! अभी वह लफ़्ज़ ज़ेहन में था....ग़ायब हो गया....!"

इमरान बेबसी से अपना माथा रगड़ने लगा।

रूशी उसे अजीब नज़रों से देख रही थी। उसकी समझ में नहीं आ रहा था कि उसे क्या समझे, दीवाना या कोई मक्कार....मगर मक्कार समझने के लिए कोई पक्की दलील उसके ज़ेहन में नहीं थी। अगर वह मक्कार होता तो इतनी बड़ी रक़म इस तरह कैसे गँवा बैठता।

"अब धीरे-धीरे सारी बातें मेरी समझ में आ रही हैं।" इमरान ठण्डी साँस ले कर बोला। "वह लड़की जो वेटिंग-रूम में मिली थी, इसी बदमाश की एजेंट रही होगी....। हाँ....और क्या, वरना वह मुझे उस होटल में क्यों बुलाती....मगर जूशी....अरे....क्या नाम है तुम्हारा....ओह....रूशी....रूशी! वह लड़की मुझे अच्छी लगती थी....और अब न जाने क्यों तुम अच्छी लगने लगी हो। मुझे बड़ा अफ़सोस है कि मैंने तुम्हारे कहने पर अमल न किया....क्या तुम अब मेरी मदद न करोगी?"

रूशी उसकी बातों पर मुस्कुरा रही थी।

"मैं किस तरह मदद कर सकती हूँ ?" उसने पूछा।

"देखो रूशी....रूशी....वाक़ई यह नाम बहुत अच्छा है। ऐसा लगता है जैसे ज़बान की नोक मिश्री की डली से जा लगी हो....रूशी....वाह....वा....हाँ तो रूशी, मैं अपनी खोयी हुई रक़म वापस लेना चाहता हूँ।"

"नामुमकिन है! तुम बिलकुल बच्चों जैसी बातें कर रहे हो! तुमने वह रक़म बैंक में नहीं रखवायी थी कि वापस मिल जायेगी।"

"कोशिश करे इन्सान तो क्या नहीं हो सकता!.... आहा.... आहा....क्या तुमने नेपोलियन की ज़िन्दगी के हालात नहीं पढ़े।"

"मेरे तोते!" रूशी हँस कर बोली। "तुम इतनी जल्दी पालने से बाहर क्यों आ गये।"

"मैं मज़ाक़ के मूड में नहीं हूँ।" इमरान किसी ज़िद्दी बच्चे की तरह झल्ला कर बोला।

रूशी की हँसी तेज़ हो गयी! वह बिलकुल इसी तरह हँस रही थी जैसे किसी नादान बच्चे को चिढ़ा रही हो!

"अच्छा, तो मैं जा रहा हूँ।" इमरान बिगड़ कर उठता हुआ बोला।

'ठहरो! ठहरो!" वह अचानक संजीदा हो गयी। "चलो बताओ। क्या कह रहे थे।"

"नहीं बताता!" इमरान बैठता हुआ बोला। "मैं किसी से सलाह लिये बग़ैर ही निपट लूँगा।"

"नहीं, मुझे बताओ कि तुम क्या करना चाहते हो।"

"कितनी बार गला फाड़ूँ कि मैं उससे अपने रुपये वसूल करना चाहता हूँ!"

"यह बेकार का ख़याल है, सिर्फ़ बचपना है, बचपना।" रूशी कुछ सोचती हुई बोली। "इस इलाक़े में पुलिस की भी दाल नहीं गली! आख़िर थक-हार कर उसे वहाँ ख़तरे का बोर्ड लगाना पड़ा।"

"क्या होटल वाले भी उसके बारे में कुछ नहीं जानते।" इमरान ने पूछा।

"मैं इसके बारे में कुछ नहीं कह सकती।"

"पुलिस ने उन्हें भी टटोला होगा।"

"क्यों नहीं! काफ़ी दिनों तक उस होटल में पुलिस की एक टीम दिन-रात तैनात रही है, लेकिन इसके बावजूद वह ख़तरनाक आदमी काम कर ही गुज़रता था।"

"रूशी....रूशी! तुम मुझे रोक नहीं सकतीं।" इमरान डायलॉग बोलने लगा। "मैं उसका मटियामेट किये बग़ैर यहाँ से वापस नहीं जाऊँगा।"

"बकवास मत करो!" रूशी झुँझला गयी। फिर उसने कहा "जाओ, उस कमरे में सो जाओ। बिस्तर सिर्फ़ एक है। मैं यहाँ सोफ़े पर सो जाऊँगी।"

"नहीं....तुम अपने बिस्तर पर जाओ....मैं यहाँ सोफ़े पर सो जाऊँगा।" इमरान ने कहा।

इस पर दोनों में बहस होने लगी। आख़िर कुछ देर बाद इमरान ही को दूसरे कमरे में जाना पड़ा और रूशी उसी कमरे

के एक सोफ़े पर लेट गयी।

हल्की सर्दियों का ज़माना था, इसलिए उसने एक हल्का-सा कम्बल अपने पैरों पर डाल लिया था! वह अब भी इमरान ही के बारे में सोच रही थी, लेकिन उस ख़तरनाक और गुमनाम आदमी का डर भी उसके ज़ेहन पर सवार था।

वह आदमी कौन था? इसका जवाब शादाब नगर की पुलिस के पास भी नहीं था। उसने अब तक दर्जनों वारदातें की थीं। लेकिन पुलिस उस तक पहुँचने में नाकाम रही थी और फिर सबसे अजीब बात तो यह कि एक ख़ास इलाक़ा ही उसकी चपेट में था। शहर के दूसरे हिस्सों की तरफ़ वह कभी-कभी ही रुख़ करता था।

रूशी उसके बारे में सोचती और ऊँघती रही। उसे डर था कि कहीं वह इधर ही का रुख़ न करे, इसीलिए उसने लाइट भी नहीं बुझायी थी।

दीवार के साथ लगी हुई घड़ी दो बजा रही थी जब अचानक वह बौखला कर उठ बैठी। न जाने क्यों उसे लग रहा था जैसे वह ख़तरे में हो।

वह कुछ डरी हुई नज़रों से इधर-उधर देखती रही फिर सोफ़े से उठ कर पंजों के बल चलती हुई उस कमरे के दरवाज़े तक आयी जहाँ वह बेवक़ूफ़ नौजवान सो रहा था।

उसने दरवाज़े पर हाथ रख कर हल्का-सा धक्का दिया। दरवाज़ा खुल गया, लेकिन साथ ही उसकी आँखें हैरत से फैल गयीं। बिस्तर ख़ाली पड़ा था और कमरे का बल्ब जल रहा था। उसके दिल की धड़कनें तेज़ हो गयीं और गला सूखने लगा।

अचानक एक ख़याल बड़ी तेज़ी से उसके ज़ेहन में चकरा कर रह गया। कहीं यह बेवक़ूफ़ नौजवान उसी ख़ौफ़नाक आदमी का कोई गुर्गा न रहा हो।

वह अचानक पलँग के सरहाने रखी हुई तिजोरी की तरफ़ लपकी और उसका हैंडल पकड़ कर खींचा। तिजोरी बन्द थी, लेकिन वह सोचने लगी....तिजोरी की चाभी तो तकिये के नीचे ही रहती है....एक बार फिर उसकी साँसें तेज़ हो गयीं। उसने तकिया उलट दिया। तिजोरी की चाभी ज्यों-की-त्यों अपनी जगह पर रखी हुई थी। लेकिन रूशी को इत्मीनान न हुआ। वह तिजोरी खोलने लगी। मगर फिर धीरे-धीरे उसकी घबराहट कम होती गयी। उसकी सारी क़ीमती चीज़ें और नगद रक़म मौजूद थी।

फिर आख़िर वह गया कहाँ? तिजोरी बन्द करके वह सीधी खड़ी हो गयी और पिछला दरवाज़ा खोल कर बाहर निकली और अब उसे एहसास हुआ कि वह उसी दरवाज़े से निकल गया होगा। दरवाज़े में ताला नहीं लगा था। हैंडल घुमाते ही खुल गया था। दूसरी तरफ़ की गली अँधेरी थी। वह बाहर निकलने की हिम्मत न कर सकी। उसने दरवाज़ा बन्द करके अन्दर से ताला लगा दिया।

वह फिर उसी कमरे में आ गयी जहाँ सोफ़े पर सोयी थी....आख़िर वह बेवक़ूफ़ इस तरह क्यों चला गया। वह सोचती रही। इस तरह भागने की क्या ज़रूरत थी? वह उसे ज़बर्दस्ती तो लायी नहीं थी। वह ख़ुद ही आया था, लेकिन क्यों आया था?.... उसका मक़सद क्या था?

अचानक उसे लगा जैसे किसी ने बाहरी दरवाज़े पर हाथ

मारा हो। वह चौंक कर मुड़ी, मगर इतनी देर में शीशे के टुकड़े छनछनाते हुए ज़मीन पर गिर चुके थे।

फिर टूटे हुए शीशे की जगह से एक हाथ आ कर चटख़नी तलाश करने लगा। बड़ा-सा हाथ जो बालों से ढँका हुआ था। रूशी के गले से एक दबी-दबी-सी चीख़ निकली, लेकिन दूसरे ही पल वह हाथ ग़ायब हो गया और रूशी को ऐसा लगा जैसे बाहर गली में दो आदमी एक-दूसरे से हाथा-पाई कर रहे हों।

रूशी बैठी हाँफती रही। फिर उसने एक चीख़ सुनी और साथ ही ऐसा लगा जैसे कोई बहुत भारी चीज़ ज़मीन पर गिरी हो।

फिर भागते हुए क़दमों की आवाज़ें।

और अब बिलकुल सन्नाटा था। क़रीब या दूर कहीं से किसी क़िस्म की आवाज़ नहीं आ रही थी। अलबत्ता ख़ुद रूशी के ज़ेहन में एक न मिटने वाली "झाँय-झाँय" गूँज रही थी, गला सूख रहा था, साथ ही आँखों में जलन-सी होने लगी थी।

वह सिमटी-सिमटायी सोफ़े पर जा बैठी थी। उसकी समझ में नहीं आ रहा था कि क्या करे। थोड़ी देर बाद अचानक फिर किसी ने दरवाज़ा थपथपाया और एक बार फिर उसके दिल की धड़कनें तेज़ हो गयीं।

"मैं हूँ। दरवाज़ा खोलो...." बाहर से आवाज़ आयी। लेकिन रूशी अपने कानों पर यक़ीन करने को तैयार नहीं थी....आवाज़ उसी नौजवान बेवक़ूफ़ की मालूम हुई थी।

"फूसी....फूसी....आर्ई....रूशी....दरवाज़ा खोलो....मैं हूँ, इमरान।"

रूशी उठ कर दरवाज़े पर झपटी। दूसरे ही पल इमरान उसके सामने खड़ा बुरे-बुरे मुँह बना रहा था। उसके चेहरे पर कई जगह हल्की-हल्की ख़राशें थीं और होंटों पर ख़ून फैला हुआ था। रूशी ने नाराज़गी में उसे अन्दर खींच कर दरवाज़ा बन्द कर दिया।

"यह क्या हुआ....तुम कहाँ थे?"

"तीन पैकेट मैंने वसूल कर लिये दो अभी बाक़ी हैं। फिर सही।" इमरान नोटों के तीन बण्डल ज़मीन पर फेंकता हुआ बोला।

"क्या वही था?" रूशी ने डरी हुई आवाज़ में पूछा।

"वही था....निकल गया....दो पैकेट अभी बाक़ी हैं।"

"तुम ज़ख़्मी हो गये हो! चलो बाथरूम में...." रूशी उसका हाथ पकड़ कर बाथरूम की तरफ़ खींचती हुई बोली।

कुछ देर बाद वे फिर सोफ़े पर बैठे एक-दूसरे को घूर रहे थे।

"तुम बाहर क्यों चले गये?" रूशी ने पूछा।

"मैं तुम्हारी हिफ़ाज़त के लिए आया था न....मैं जानता था कि वह ज़रूर आयेगा। वह आदमी जो बीच रोड पर फ़ायर कर सकता है, उसे घरों के अन्दर घुसने में कितनी देर लगेगी।"

"क्या तुम वाक़ई बेवक़ूफ़ हो?" रूशी ने हैरत से पूछा।

"पता नहीं! मैं तो ख़ुद को अफ़लातून का दादा समझता हूँ, मगर दूसरे कहते हैं कि मैं बेवक़ूफ़ हूँ। कहने दो, अपना क्या बिगड़ता है! अगर अक़्लमन्द हूँ तो अपने लिए, बेवक़ूफ़

हूँ, तो अपने लिए।"

"तो अब वह अनजान आदमी मेरा भी दुश्मन हो गया।" रूशी सूखे होंटों पर ज़बान फेर कर बोली।

"ज़रूर हो जायेगा! तुमने क्यों मेरी जान बचाने की कोशिश की थी।"

"ओह....ओह....मैं क्या करूँ! क्या तुम हर वक़्त मेरी हिफ़ाज़त करते रहोगे?"

"दिन को वह इधर का रुख़ नहीं करेगा! रात की ज़िम्मेदारी मैं लेता हूँ।"

"मगर कब तक?"

"जब तक कि मैं उसे जान से न मार दूँ।" इमरान बोला।

"तुम....तुम आख़िर हो क्या बला?"

"मैं बला हूँ।" इमरान बुरा मान गया।

"ओह....डियर....तुम समझे नहीं!"

"डियर....यानी कि तुम मुझे डियर कह रही हो।" इमरान ख़ुश होते हुए चीख़ा।

"हाँ, क्यों क्या हर्ज है! क्या हम गहरे दोस्त नहीं हैं?" रूशी मुस्कुरा कर बोली।

"मुझे आज तक किसी औरत ने डियर नहीं कहा।" इमरान रुआँसी आवाज़ में बोला।

४

शादाब नगर के डिपार्टमेंट ऑफ़ इनवेस्टिगेशन के दफ़्तर में सब-इन्स्पेक्टर जावेद की ख़ासी धाक थी। वह एक ज़हीन और नौजवान अफ़सर था! ताल्लुक़ तो उसका डिपार्टमेंट ऑफ़ इनवेस्टिगेशन से था, लेकिन उसके क़रीबी दोस्त मज़ाक़ में उसे थानेदार कहा करते थे! वजह यह थी कि वह ज़ेहन के साथ-ही-साथ डण्डे के इस्तेमाल को बड़ी अहमियत देता था। उसका कहना था कि आज तक डण्डे से ज़्यादा ख़तरनाक जासूस और कोई पैदा ही नहीं हुआ।

अक्सर वह शुब्हे की बिना पर मुजरिमों की ऐसी मरम्मत करता कि उन्हें छठी का दूध याद आ जाता।

वह काफ़ी ख़तरनाक आदमी था। बहुत-से लोग तो उसकी शक्ल देख कर ही जुर्म का क़बूल कर लेते थे। मगर वह शादाब नगर के उस मुजरिम की झलक भी न देख सका था जिसने बन्दरगाह के इलाक़े में बसने वालों की नींदें हराम कर रखी थीं।

उस वक़्त सब-इन्स्पेक्टर जावेद अपने डिपार्टमेंट के

सुपरिन्टेंडेण्ट के दफ़्तर में बैठा हुआ इस बात का इन्तज़ार कर रहा था कि सुपरिन्टेंडेण्ट अपना काम ख़त्म करके उसकी तरफ़ ध्यान दे।

सुपरिन्टेंडेण्ट सिर झुकाये कुछ लिख रहा था। थोड़ी देर बाद क़लम रख कर उसने एक लम्बी अँगड़ाई ली और जावेद की तरफ़ देख कर मुस्कुराने लगा।

"भई, मैंने तुम्हें इसलिए बुलाया है कि तुम्हें इमरान साहब को असिस्ट करना होगा। इससे बड़ी बेबसी और क्या होगी कि हमें सेंट्रल वालों से मदद लेनी पड़ी है।"

"इमरान साहब!" जावेद ने हैरत से कहा "वही ली यूका वाला केस सुलझाने वाले।"

"वही....वही!" सुपरिन्टेंडेण्ट सिर हिला कर बोला। "वे हज़रत यहाँ परसों आये हैं और अभी तक उनकी शक्ल नहीं दिखाई दी। ये सेंट्रल वाले बड़े चालाक होते हैं। इतना ख़याल रखना कि डिपार्टमेंट की बदनामी न हो....यहाँ तुम्हारे अलावा और किसी पर मेरी नज़र नहीं पड़ी।"

"आप इत्मीनान रखिए! मैं भरपूर कोशिश करूँगा।"

"ख़ुद से किसी मामले में आगे-आगे न रहना। जो कुछ वह कहे, वही करना।"

"ऐसा ही होगा।"

फ़ोन की घण्टी बजी और सुपरिन्टेंडेण्ट ने रिसीवर उठा लिया।

"हैलो....! ओह आप हैं....! जी....जी....अच्छा ठहरिए!

एक सेकेण्ड।"

सुपरिन्टेंडेण्ट ने पेंसिल उठा कर अपनी डायरी में कुछ लिखना शुरू कर दिया। रिसीवर बदस्तूर उसके कान से लगा रहा। कुछ देर बाद उसने कहा,"तो आप मिल कब रहे हैं....जी....अच्छा, अच्छा! बहुत अच्छा!" उसने रिसीवर रख दिया और कुर्सी से टेक लगा कर कुछ सोचने लगा।

"देखो जावेद," वह थोड़ी देर बाद बोला। "इमरान साहब का फ़ोन था। उन्होंने कुछ नक़ली नोटों के नम्बर लिखवाये हैं और कहा है कि उन नम्बरों पर कड़ी नज़र रखी जाये। जिसके पास भी इन नम्बरों का कोई नोट नज़र आये, उसे बेख़ौफ़ गिरफ़्तार कर लिया जाये। इन नम्बरों को लिख लो। मगर इसका मतलब क्या है, यह मैं भी नहीं जानता।"

"वे यहाँ कब आयेंगे!" जावेद ने पूछा।

"एक बज कर डेढ़ मिनट पर! भई, समझ में नहीं आता कि यह किस तरह का आदमी है। वैसे सुना जाता है कि ऑफ़िसर ऑन स्पेशल ड्यूटी है और उसने अपना सेक्शन बिलकुल अलग बनाया है जो सीधे डायरेक्टर जनरल से ताल्लुक़ रखता है।"

"मैंने सुना है कि डायरेक्टर जनरल साहब उनके पिता हैं।"

"ठीक सुना है....मगर यह क्या बेवक़ूफ़ी है....एक बज कर डेढ़ मिनट!" सुपरिन्टेंडेण्ट ने झल्ला कर कहा

"वैसे, अब मेरे लिए क्या हुक्म है?"

"तुम अब जा सकते हो। और हाँ, इन नम्बरों के नोटों

पर ध्यान दो और जैसे ही कोई सुराग़ मिले, फ़ौरन ख़बर करो और बाक़ी काम के लिए इमरान साहब के हुक्म का इन्तज़ार करो।"

जावेद सुपरिन्टेंडेण्ट की बात सुन बाहर आ गया।

५

इमरान रेलवे स्टेशन पर टहल रहा था। उसे अपने मातहत हुदहुद के आने का इन्तज़ार था। हुदहुद, जो हकला कर बोलता था और बातचीत के दौरान बड़े-बड़े अल्फ़ाज़ अदा करने का शौक़ीन था।

ट्रेन आयी....और निकल भी गयी....लेकिन हुदहुद का कहीं पता न था। इमरान गेट के पास आ कर खड़ा हो गया। भीड़ ज़्यादा थी। इसलिए हुदहुद काफ़ी देर बाद इमरान से मिल सका।

"इधर आओ!" इमरान उसका हाथ पकड़ कर वेटिंग रूम की तरफ़ खींचता हुआ बोला।

हुदहुद उसके साथ घिसटता चला जा रहा था....वेटिंग रूम में पहुँच कर उसने कहा

"मम....मेरे...औसान...बज बजा नहीं थे...मैं....आपकी ख़िदमत में आ....आ....आदाब बजा लाता हूँ।"

उसने निहायत अदब से झुक कर इमरान को फ़र्शी सलाम किया।

"जीते रहो!" इमरान उसके सिर पर हाथ फेरता हुआ बोला। "क्या तुम इस शहर से वाक़िफ़ हो।"

"जी हाँ यह....मम....मेरे बिरादर-ए-निस्बती का वतन मालूफ़ है।"

"मेरे पास वक़्त कम है, वरना तुमसे बिरादर-ए-निस्बती और वतन मालूफ़ का मतलब पूछता! ख़ैर, तुम यहाँ मछलियों का शिकार खेलने के लिए आये हो।"

"जी....!" हुदहुद हैरत से आँखें फाड़ कर बोला। "इस बात का....मम....मतलब....मम....मेरी समझ में नन....नहीं आया।"

"तुम यहाँ बन्दरगाह के इलाक़े में मछलियों का शिकार खेलोगे....और ए.बी.सी. होटल में तुमको रुकना है। बाज़ार से मछलियों के शिकार का सामान ख़रीदो और चुपचाप वहीं चले जाओ.... जाओ, और शिकार खेलो।"

"माफ़ कीजिएगा, यह मम... मेरे लिए नामुमकिन है।"

"नामुमकिन क्यों है?" इमरान उसे घूरने लगा।

"वालिद मरहूम की वसीयत....फफ....फ़रमाते थे.... शिकारे-माही बेकारान अस्त...."

"मतलब क्या हुआ? मुझे अरबी नहीं आती।"

"फ़फ़....फ़ारसी है जनाब! इसका मतलब यह हुआ कि मछली का शिकार खेलना बेकार आदमियों का काम है।"

"अच्छी बात है। मैं तुम्हें इसी वक़्त नौकरी से निकाले देता हूँ, ताकि तुम इत्मीनान से मछली का शिकार खेल सको।"

"ओह....आपको....किक....किस तरह समझाऊँ!" हुदहुद ने कहा फिर समझाने के सिलसिले में काफ़ी देर तक हकलाता रहा! इमरान भी दरअसल जल्दी में नहीं था, वरना वह इस तरह वक़्त न बर्बाद करता।

"चलो, अब जाओ।" वह उसे दरवाज़े की तरफ़ धकेलता हुआ बोला। "यह सरकारी काम है! और काम ज़रूरत पड़ने पर बताया जायेगा। भूलना नहीं....बन्दरगाह के इलाक़े में ए.बी.सी. होटल है....तुम्हें वहीं ठहरना होगा। शिकार का घाट वहाँ से दूर नहीं है! लेकिन ख़बरदार....शाम को सात बजे के बाद उधर हरगिज़ न जाना।"

हुदहुद थोड़ी देर तक खड़ा सोचता रहा फिर बोला। "अच्छा जनाब! मैं जा रहा हूँ! लल... लेकिन मैं नहीं जानता कि मछलियों के शिकार....कक....के लिए मुझे क्या....खख.... ख़रीदना पड़ेगा।"

यह सुन कर इमरान ने काग़ज़-क़लम लिया और मछलियों के शिकार में इस्तेमाल होने वाली चीज़ों की एक लिस्ट बनाने लगा।

६

इमरान ठीक एक बज कर डेढ़ मिनट पर सुपरिन्टेंडेण्ट के दफ़्तर में दाख़िल हुआ और सुपरिन्टेंडेण्ट अपने सामने एक नौजवान आदमी को खड़ा देख कर पलकें झपकाने लगा।

"बैठिए। बैठिए।" उसने थोड़ी देर बाद कहा।

"शुक्रिया!" इमरान बैठता हुआ बोला। इस वक़्त उसके चेहरे पर बेवक़ूफ़ी नहीं बरस रही थी। वह एक अच्छी शख़्सियत का आदमी मालूम हो रहा था।

"बहुत इन्तज़ार कराया आपने।" सुपरिन्टेंडेन्ट ने उसकी तरफ़ सिगरेट का डिब्बा बढ़ाते हुए कहा

"शुक्रिया! मैं सिगरेट नहीं पीता।" इमरान ने कहा "देर से मुलाक़ात की वजह यह है कि मैं मशग़ूल था। अब तक अपने तौर पर हालात का जायज़ा लेता रहा हूँ।"

"मैं पहले ही जानता था।" सुपरिन्टेंडेन्ट हँसने लगा।

"नोटों के बारे में कुछ मालूम हुआ।"

"अभी तक तो कोई रिपोर्ट नहीं मिली। लेकिन....!"

"नोटों के बारे में पूछना चाहते हैं आप!" इमरान मुस्कुरा

कर बोला।

"हाँ! मैं अपनी जानकारी के लिए जानना चाहता हूँ।"

"उस आदमी के पास नक़ली नोटों के दो पैकेट हैं और मेरे ही ज़रिये उसके पास पहुँचे हैं।"

"आपके ज़रिये!" सुपरिन्टेंडेण्ट की आँखें हैरत से फैल गयीं।

"जी हाँ! मैं जान-बूझ कर कल रात को उस ख़तरनाक इलाक़े में गया था और मेरी जेबों में नक़ली नोटों के पैकेट थे।"

"अरे, तो क्या आज के अख़बार में आप ही के बारे में ख़बर थी!"

"शायद।"

"लेकिन यह एक ख़तरनाक क़दम था।"

"हाँ, कभी-कभी इसके बग़ैर काम भी तो नहीं चलता.... मगर उससे टकराने के बाद अब मैंने अपना ख़याल बदल दिया है। नक़ली नोट बाज़ार में नहीं आ सकेंगे! वह तो बस यूँ ही मैंने आपको इत्तला दे दी थी! वह बहुत चालाक है और इस तरह के प्लान उस पर काम नहीं कर सकते।"

सुपरिन्टेंडेण्ट ख़ामोशी से इमरान की सूरत देख रहा था।

"सवाल यह है कि रात को वह इलाक़ा ख़तरनाक क्यों हो जाता है?" इमरान बड़बड़ाया। उसने बड़बड़ाना जारी रखा। "ज़ाहिर है कि सरकारी तौर पर वहाँ सड़क ही पर ख़तरे से होशियार करने के लिए बोर्ड लगा दिया है, इसलिए आम तौर

पर वह रास्ता आने-जाने के लिए बन्द हो गया है, लेकिन इसके बावजूद भी मुझ जैसे भूले-भटके आदमी पर हमला किया गया....! इसका मतलब तो यह हुआ कि सारी रात वहाँ उस आदमी की हुकूमत रहती है।"

"जी हाँ! बिलकुल यही बात है और इसीलिए वहाँ ख़तरे का बोर्ड लगाया गया है।"

"लेकिन मक़सद जनाब! आख़िर उस उजाड़ इलाक़े में है क्या! अगर यह कहा जाये कि वह उजाड़ इलाक़ा लुटेरों का अड्डा है तो यह सोचना पड़ेगा कि ए.बी.सी. होटल पर कभी हमला क्यों नहीं होता। वहाँ रोज़ हज़ारों रुपये का जुआ होता है।"

"शक तो हमें भी है कि ए.बी.सी. होटल वालों का उससे कोई-न-कोई ताल्लुक़ ज़रूर है, लेकिन अभी तक उनके ख़िलाफ़ मेरे पास कोई सबूत नहीं है।"

इमरान कुछ न बोला। उसने जेब से च्यूइंगम का पैकेट निकाला और एक च्यूइंगम अपने मुँह में रखते हुए दूसरा सुपरिन्टेंडेण्ट की तरफ़ बढ़ा दिया। सुपरिन्टेंडेण्ट ने उसको शुक्रिया के साथ क़बूल कर लिया।

इमरान बड़े इत्मीनान से च्यूइंगम अपने दाँतों में कुचल रहा था और कुछ सोचता जा रहा था।

थोड़ी देर बाद उसने कहा, "यह बात आप अपने तक ही रखिएगा तो अच्छा होगा।"

"ठीक है!" सुपरिन्टेंडेण्ट बोला। "आप ठहरे कहाँ हैं?" उसने इमरान से पूछा।

"एक होटल में ठहरा हुआ हूँ।" इमरान ने जवाब दिया।

कुछ देर ख़ामोशी रही। उसके बाद सुपरिन्टेंडेण्ट बोला। "आपको असिस्ट करने के लिए मैंने एक आदमी चुन लिया है। कहिए तो अभी मिला दूँ।"

"नहीं, अभी ज़रूरत नहीं! आप मुझे नाम और पता लिखवा दीजिए। पता ऐसा होना चाहिए कि जहाँ उससे किसी भी वक़्त मिला जा सके। वैसे मेरी कोशिश यही रहेगी कि आप लोगों को ज़्यादा तकलीफ़ न दूँ।"

आख़िरी जुमला शायद सुपरिन्टेंडेण्ट को मँहगा पड़ गया! उसके चेहरे पर उदासी फैल गयी, लेकिन वह कुछ बोला नहीं।

इमरान थोड़ी देर तक वहीं बैठा कुछ सोचता और अपनी टाँगें हिलाता रहा, फिर हाथ मिलाने के लिए हाथ बढ़ाता हुआ बोला। "अच्छा बहुत-बहुत शुक्रिया!"

"ओह....अच्छा! लेकिन अगर आज शाम का खाना आप मेरे साथ खायें तो...."

"ज़रूर खाऊँगा!" इमरान मुस्कुरा कर बोला। "मगर आज नहीं! वैसे मुझे आपकी मदद की काफ़ी ज़रूरत होगी।"

"हमारी तरफ़ से आप इत्मीनान रखिए।"

"अच्छा, अब इजाज़त दीजिए!" इमरान कमरे से निकल गया।

और सुपरिन्टेंडेण्ट बड़ी देर तक ख़ामोश बैठा सिर हिलाता रहा.... फिर उसने मेज़ का दराज़ खोल कर अपनी फ़ाइल निकाली और सिर झुका कर उसमें मशग़ूल हो गया।

७

सात बजे इमरान रूशी के फ़्लैट पर पहुँचा। वह शायद उसी का इन्तज़ार कर रही थी। इमरान को देख कर उसने बुरा–सा मुँह बनाया और झल्लायी हुई आवाज़ में बोली। "अब आये हैं आप, सुबह के गये हुए? मैंने लंच पर आपका इन्तज़ार किया! शाम को काफ़ी देर तक चाय लिये बैठी रही। दिन भर कहाँ रहे!"

"उसी मरदूद को तलाश करता रहा जिससे अभी दो पैकेट वसूल करने हैं।"

"अपनी ज़िन्दगी ख़तरे में न डालो! मैं तुम्हें किस तरह समझाऊँ।"

"मेरा ख़याल है कि वह ए.बी.सी. होटल में ज़रूर आता होगा।"

"बकवास नहीं बन्द करोगे तुम।" रूशी उठ कर उसे झिंझोड़ती हुई बोली। "तुम होटल से अपना सामान क्यों नहीं लाये।"

"सामान....देखा जायेगा....चलो, कहीं टहलने चलते हैं।"

"मैंने आज दरवाज़े के बाहर क़दम भी नहीं निकाला।" रूशी ने कहा

"क्यों?"

"डर लग रहा है।"

इमरान हँसने लगा फिर उसने कहा "वह सिर्फ़ रात का राजकुमार मालूम होता है, दिन का नहीं।"

"कुछ भी हो! मगर....!" रूशी कुछ कहते-कहते रुक गयी। उसने पलट कर डरी हुई नज़रों से दरवाज़े की तरफ़ देखा और धीरे से बोली। "दरवाज़े में ताला लगा दो।"

"ओ हो! बड़ी डरपोक हो तुम।" इमरान फिर हँसने लगा।

"तुम बन्द तो कर दो! फिर मैं तुम्हें एक ख़ास बात बताऊँगी।"

इमरान ने दरवाज़ा बन्द करके ताला लगा दिया।

रूशी ने अपने ब्लाउज़ में हाथ डाल कर एक लिफ़ाफ़ा निकाला और इमरान की तरफ़ बढ़ाते हुए बोली। "आज तीन बजे एक लड़का लाया था। फिर लिफ़ाफ़ा खोलने से पहले ही वह भाग गया।"

इमरान ने लिफ़ाफ़े से ख़त निकाला और पढ़ने लगा। अंग्रेज़ी में टाइप किया हुआ था।

"रूशी!

तुम मुझे न जानती होगी! लेकिन मैं तुम्हें अच्छी तरह से जानता हूँ। अगर तुम अपनी ख़ैरियत चाहती हो तो मुझे उसके बारे में सब कुछ बता दो जो पिछली रात तुम्हारे साथ था। वह

कौन है? कहाँ से आया है? क्यों आया है? तुम यह सब कुछ मुझे फ़ोन पर बता सकती हो! मेरा फ़ोन नम्बर सिक्स नॉट है! मैं तुम्हें माफ़ कर दूँगा।

टेरर"

"बहुत खूब!" इमरान सिर हिला कर बोला। "फ़ोन पर बातचीत करेगा।"

"मगर सुनो तो! मैंने सारी टेलीफ़ोन डायरेक्टरी छान मारी है, मगर मुझे यह नम्बर कहीं नहीं मिला।"

तुम्हारे पास डायरेक्टरी है?" इमरान ने पूछा।

नहीं, पड़ोस में है और फ़ोन भी है!"

"ज़रा डायरेक्टरी लाओ?" इमरान ने कहा

"तुम भी साथ चलो!"

"ओह....चलो!"

वे दोनों दरवाज़ा खोल कर बाहर निकले। रूशी बराबर वाले फ़्लैट में चली गयी और इमरान बाहर उसका इन्तज़ार करता रहा

पाँच मिनट बाद रूशी वापस आ गयी।

वापसी पर फिर रूशी ने बहुत एहतियात से दरवाज़ा बन्द किया। डायरेक्टरी में सिक्स नॉट की तलाश शुरू हो गयी। यह नम्बर कहीं नहीं मिला।

"मुझे तो यह बकवास ही मालूम होती है।" रूशी ने कहा। "हो सकता है कि यह ख़त किसी और ने मुझे डराने के लिए भेजा हो।"

"मगर इन वाक़यात को और कौन जानता है।"

"क्यों? कल जब तुम पर हमला हुआ था तो होटल में दर्जनों आदमी मौजूद थे और ज़ाहिर है कि तुम ही मुझे अपने कन्धे पर उठा कर होटल तक ले गये थे.... तुम मेरे ही पास से उठ कर जुआख़ाने में भी गये थे।"

इमरान ख़ामोश रहा। वह कुछ सोच रहा था। फिर कुछ पल बाद उसने कहा "हम इस वक़्त का खाना किसी शानदार होटल में खायेंगे।"

"फिर वही पागलपन। नहीं, हम इस वक़्त कहीं नहीं जायेंगे।" रूशी ने सख़्ती से कहा

"तुम्हें चलना पड़ेगा।" इमरान ने कहा "वरना मुझे रात भर नींद नहीं आयेगी।"

"क्यों....नींद क्यों न आएगी।"

"कुछ नहीं!" इमरान संजीदगी से बोला। "बस, यही सोच कर कुढ़ता रहूँगा कि तुम मेरी हो कौन जो मेरा कहना मान लोगी।"

रूशी उसे ग़ौर से देखने लगी।

"क्या वाक़ई तुमको तकलीफ़ होगी?" उसने धीरे से पूछा।

"जब मेरी कोई ख़्वाहिश नहीं पूरी होती तो मेरा दिल चाहता है कि ख़ूब फूट-फूट कर रोऊँ।" इमरान ने बड़ी मासूमियत से कहा

रूशी फिर उसे ग़ौर से देखने लगी। इमरान के चेहरे पर बेवक़ूफ़ी फैल गयी थी।

"अच्छा, मैं चलूँगी।" रूशी ने धीरे से कहा और इमरान की आँखें ख़ुशी से चमकने लगीं।

थोड़ी देर बाद रूशी तैयार हो कर निकली और इमरान को इस तरह देखने लगी जैसे हुस्न की दाद माँग रही हो।

इमरान ने बुरा-सा मुँह बना कर कहा, "तुमसे अच्छा मेकअप मैं कर सकता हूँ।"

"तुम।"

"हाँ क्यों नहीं! अच्छा, फिर सही! अब हमें बाहर चलना चाहिए।"

"तुम बेकार में चिढ़ाते हो।" रूशी झुँझला कर बोली।

"अफ़सोस कि तुम्हें उर्दू नहीं आती, वरना मैं कहता।

उनको आता है प्यार पर ग़ुस्सा।

हम ही कर बैठे थे 'ग़ालिब' पेशदस्ती एक दिन।।"

"चलो, बकवास मत करो।" वह इमरान को दरवाज़े की तरफ़ धकेलती हुई बोली।

रूशी इस वक़्त सचमुच बहुत ख़ूबसूरत दिख रही थी। इमरान ने नीचे उतर कर टैक्सी की और वे दोनों "व्हाइट मार्बल" के लिए रवाना हो गये। यह यहाँ का सबसे बड़ा और शानदार होटल था।

"रूशी, क्यों न मैं उसे फ़ोन करूँ।" इमरान बोला।

"मगर डायरेक्टरी में नम्बर कहाँ मिला। नहीं डियर, किसी ने मज़ाक़ किया है मुझसे।"

"मैं ऐसा नहीं समझता।"

"तुम्हारी समझ ही कब इस क़ाबिल है कि कुछ समझ सको। तुम्हारा न समझना ही अच्छा है।"

"मैं कहता हूँ तुम सिक्स नाट पर डायल करो। अगर जवाब न मिले तो अपने कान उखाड़ लेना....अरे नहीं....मेरे कान....!"

"मगर मैं कहूँगी क्या....?"

"सुनो, रास्ते में किसी पब्लिक बूथ से फ़ोन करेंगे। तुम कहना कि वह एक पागल रईसज़ादा है। कहीं बाहर से आया है, लेकिन आज एक मुश्किल में फँस गया था। रिश्वत दे कर बड़ी मुश्किलों से जान छुड़ायी। उसके पास ग़लती से कुछ जाली नोट आ गये हैं जिन्हें इस्तेमाल करता हुआ आज पकड़ा गया था।"

"जाली नोट!" रूशी ने घबरा कर कहा

"हाँ, रूशी यह सही है!" इमरान ने दर्दनाक आवाज़ में कहा "आज मैं बाल-बाल बचा, वरना जेल में होता। मेरे नोटों में कुछ नक़ली नोट मिल गये हैं! मैं नहीं जानता कि वे कहाँ से आये हैं।"

"लेकिन वह उन्हीं पैकेटों से ताल्लुक़ न रखते हों जो तुमने उससे पिछली रात छीने थे।"

"पता नहीं।" इमरान मायूसी से सिर हिला कर बोला। "मुझसे बेवक़ूफ़ी यह हुई कि मैंने उन नोटों को दूसरे नोटों में मिला दिया है।"

"तुम मुझे सच क्यों नहीं बताते कि तुम कौन हो?" रूशी नाराज़ हो कर बोली।

"मैंने सब कुछ बता दिया है रूशी।"

"यानी तुम वाक़ई बेवक़ूफ़ हो।"

"तुम बात-बात पर मेरी बेइज़्ज़ती करती हो।" इमरान बिगड़ गया।

"अरे नहीं! नहीं!" रूशी उसके सिर पर हाथ फेरते हुए बोली। "अच्छा, नक़ली नोटों का क्या मामला है?"

"मैं तो कहता हूँ कि यह उसी लड़की की हरकत है जो मुझे रेलवे स्टेशन के वेटिंग-रूम में मिली थी! उसने असली नोटों के पैकेट ग़ायब करके नक़ली नोट रख दिये और फिर मुझे ए.बी.सी. होटल में आने की दावत दी! मेरा दावा है कि वह उसी अजनबी आदमी की एजेंट थी और अब मैं यह सोच रहा हूँ कि पिछली रात मैंने जो पैकेट छीने हैं, वे दरअसल मैंने छीने नहीं, बल्कि वह ख़ुद ही मेरे हवाले कर गया है। जानती हो इसका क्या मतलब हुआ? यानी जो पैकेट अब भी उसके पास हैं वे असली नोटों के हैं। यानी वह फिर मुझसे असली नोट ही ले गया है और नक़ली मेरे सिर पटक गया।"

"अच्छा वह नोट.... जो तुम जुए में हारे थे?" रूशी ने पूछा।

"उनके बारे में भी मैं कुछ नहीं कह सकता। हो सकता है कि नक़ली हों....या उनमें भी एक-आधा पैकेट असली नोटों का चला गया हो! अब तो असली और नक़ली आपस में मिल गये हैं। मेरी हिम्मत नहीं पड़ती कि उनमें से किसी नोट को

हाथ लगाऊँ।"

"मगर उस लड़की ने तुम्हारे नोट किस तरह उड़ाये होंगे?"

"ओह....!" इमरान की आवाज़ फिर दर्दनाक हो गयी। "मैं बड़ा बदनसीब आदमी हूँ, बल्कि अब मुझे यक़ीन आ गया है कि बेवक़ूफ़ भी हूँ....तुम ठीक कहती हो। हाँ....तो कल सुबह ठण्ड ज़्यादा थी न....मैंने चेस्टर पहन रखा था और पन्द्रह-बीस पैकेट उसकी जेबों में ठूँस रखे थे।"

"तुम बेवक़ूफ़ से भी कुछ ज़्यादा मालूम होते हो!" रूशी झल्ला कर बोली।

"नहीं, सुनो तो! मैंने अपनी जानकारी में बड़ी अक़्लमन्दी की थी। एक बार का ज़िक्र है मेरे चचा सफ़र कर रहे थे। उनके पास पन्द्रह हज़ार रुपये थे जो उन्होंने सूटकेस में रख छोड़े थे। सूटकेस रास्ते में कहीं ग़ायब हो गया। तब से मेरा यह आदत है कि हमेशा सफ़र में सारी रक़म अपने पास ही रखता हूँ। पहले कभी ऐसा धोखा नहीं खाया। यह पहली चोट है!"

"लेकिन आख़िर उस लड़की ने तुम पर किस तरह हाथ साफ़ किया था?"

"यह मत पूछो! मैं बिलकुल उल्लू हूँ।"

"मैं जानती हूँ कि तुम उल्लू हो! मगर मैं ज़रूर पूछूँगी।"

"अरे उसने मुझे उल्लू बनाया था। कहने लगी तुम्हारी शक्ल मेरे दोस्त से बहुत मिलती है जो पिछले साल एक हादसे का शिकार हो कर मर गया! और मैं उसे बहुत चाहती थी! बस पन्द्रह मिनट में बेतकल्लुफ़ हो गयी....! मैं कुछ अफ़सोस करने लगा! कहने लगी–क्या तुम बीमार हो। मैंने कहा–नहीं,

सिर में दर्द हो रहा है! बोली–लाओ, चम्पी कर दूँ....चम्पी समझती हो।"

"नहीं मैं नहीं जानती।" रूशी ने कहा।

इमरान उसके सिर पर चम्पी करने लगा।

"हटो! मेरे बाल बिगाड़ रहे हो!" रूशी उसका हाथ झटक कर बोली।

"हाँ तो वह चम्पी करती रही और मैं वेटिंग-रूम की आराम-कुर्सी पर सो गया! फिर शायद आधे घण्टे के बाद आँख खुली....वह बराबर चम्पी किये जा रही थी....सच कहता हूँ वह उस वक़्त मुझे बहुत अच्छी लग रही थी और मेरा दिल चाह रहा था कि वह इसी तरह सारी ज़िन्दगी चम्पी किये जाये....हाय....फिर ए.बी.सी. होटल में मिलने का वादा करके मुझसे हमेशा के लिए जुदा हो गयी।"

इमरान की आवाज़ थर्रा गयी। ऐसा मालूम हो रहा था जैसे वह अब रो देगा।

"हाय बुद्धू, तुम उसके लिए रो रहे हो जिसने तुम्हें लूट लिया।" रूशी हँस पड़ी।

"हाय! मैं रो रहा हूँ।" इमरान अपने दोनों गालों पर थप्पड़ मारता हुआ बोला। "नहीं, मैं ग़ुस्से में हूँ। जहाँ भी मिली, उसका गला घोंट दूँगा।"

"बस करो, मेरे शेर, बस करो।" रूशी उसका कन्धा थपकती हुई बोली।

"अब तुम मेरा मज़ाक़ उड़ा रही हो।" इमरान बिगड़ गया।

"नहीं, मुझे तुमसे हमदर्दी है! लेकिन मैं सोच रही हूँ कि अगर जुए में भी तुम नकली नोट हारे हो तो अब वहाँ गुज़ारा नहीं होगा! ताज्जुब नहीं कि मुझे उसके लिए भी भुगतना पड़े।"

"नहीं, तुम परवाह न करो। तुम्हारा कोई बाल भी बाँका नहीं कर सकता! मैं लाखों रुपये ख़र्च कर दूँगा।"

रूशी कुछ न बोली....वह कुछ सोच रही थी।

"मेरा ख़याल है कि यहाँ एक टेलीफ़ोन बूथ है।" इमरान ने कहा और ड्राइवर से बोला। "गाड़ी रोक दो।"

टैक्सी रुक गयी। रूशी और इमरान नीचे उतर गये।

बूथ ख़ाली था! रूशी ने एक बार फिर इमरान से पूछा कि उसे क्या कहना है। इमरान ने इस सिलसिले में कुछ देर पहले कहे हुए जुमले दोहराये। रूशी फ़ोन में सिक्का डाल कर नम्बर डायल करने लगी और फिर इमरान ने उसके चेहरे पर हैरत के आसार देखे।

वह एक ही साँस में वह सब कुछ दोहरा गयी जो इमरान ने बताया था। फिर ख़ामोश हो कर शायद दूसरी तरफ़ से बोलने वाले की बात सुनने लगी।

"देखिए!" उसने थोड़ी देर बाद माउथ पीस में कहा, "मुझे जो कुछ भी मालूम था मैंने बता दिया! इससे ज़्यादा मैं कुछ भी नहीं जानती! वैसे मुझे भी उसके बारे में जानने की ख़्वाहिश है कि उसकी असलियत क्या है! देखने में बेवक़ूफ़ और पागल मालूम होता है।"

"आया कहाँ से है?" दूसरी तरफ़ से आवाज़ आयी।

"वह कहता है कि दिलावरपुर से आया हूँ।"

"क्या वह इस वक़्त तुम्हारे पास मौजूद है?"

"नहीं, बाहर टैक्सी में है! मैं। एक पब्लिक बूथ से बोल रही हूँ। उससे बहाना करके आयी हूँ कि सहेली तक एक पैग़ाम पहुँचाना है।"

"कल रात से पहले भी उससे कभी मुलाक़ात हुई थी?"

"नहीं, कभी नहीं!" रूशी ने जवाब दिया।

"क्या उसे मेरा ख़त दिखाया था?"

"नहीं....क्या दिखा दूँ!" रूशी ने पूछा, लेकिन इसका कोई जवाब न मिला।

दूसरी तरफ़ से बातचीत का सिलसिला रोक दिया गया! रूशी ने रिसीवर रख दिया। इमरान ने फ़ौरन ही इन्क्वायरी के नम्बर डायल किये।

"हैलो इन्क्वायरी।"

"हैलो।" दूसरी तरफ़ से आवाज़ आयी।

"अभी पब्लिक बूथ नम्बर ४६ से किसी के नम्बर डायल किये गये थे! मैं पता चाहता हूँ।"

"आप कौन हैं?"

"मैं डी.एस.पी. सिटी हूँ।" इमरान ने कहा।

"ओह....शायद आपको ग़लतफ़हमी हुई है!" दूसरी तरफ़ से आवाज़ आयी। "४६ नम्बर बूथ से लगभग आधे घण्टे से कोई कॉल नहीं हुई।"

"अच्छा, शुक्रिया!" इमरान ने रिसीवर रख दिया और

वे दोनों बाहर निकल आये।

"तुम डी.एस.पी. सिटी हो।" रूशी हँसने लगी।

"अगर यह न कहता तो वह हरगिज़ कुछ न बताता।" इमरान ने कहा

"लेकिन उसने बताया क्या?"

"यही कि ४६ नम्बर बूथ से पिछले आधे घण्टे से कोई कॉल नहीं हुई। मगर रूशी तुमने कमाल कर दिया....! जैसा मैं चाहता था, वैसा ही तुमने किया।"

"तुम क्या जानो कि उसने क्या कहा था।"

"तुम्हारे जवाबों से मैंने सवालों का अन्दाज़ा लगा लिया है।"

"तुम तो सिर्फ़ औरतों के मामले में बेवक़ूफ़ मालूम होते हो।"

"तुम ख़ुद बेवक़ूफ़!" इमरान बिगड़ कर बोला।

"चलो....चलो।" वह उसे टैक्सी की तरफ़ धकेलती हुई बोली।

"नहीं, तुम बार-बार मुझे बेवक़ूफ़ कह कर चिढ़ा रही हो।"

इमरान ने बकवास को नहीं बढ़ाया। वह बहुत कुछ सोचना चाहता था।

"उसकी आवाज़ भी अजीब थी।" रूशी ने कहा "ऐसा लग रहा था जैसे कोई भूखा भेड़िया ग़ुर्रा रहा हो! मगर....यह कैसे हो सकता है कि एक्सचेंज को इसकी ख़बर तक न हुई।"

"उँह, मारो गोली.... हमें करना ही क्या है!" इमरान ने गर्दन झटक कर कहा। "मुझे तो अब उस लड़की की तलाश है जिसने मेरे नोटों में घपला किया था।"

"नहीं इमरान!" रूशी बोली। "यह अजीबो-ग़रीब ख़बर पुलिस के लिए काफ़ी दिलचस्प साबित होगी।"

"कौन-सी ख़बर?"

"यही कि सिक्स नॉट को रिंग किया जाता है। बाक़ायदा कॉल होती है और टेलीफोन एक्सचेंज को उसकी ख़बर तक नहीं होती!"

"ऐ रूशी....ख़बरदार....ख़बरदार....किसी से इसका ज़िक्र मत करना....! क्या तुम सचमुच अपनी गर्दन तुड़वाना चाहती हो! अगर पुलिस तक यह ख़बर गयी तो समझ लो कि मैं और तुम, दोनों ख़त्म कर दिये जायेंगे! वह कोई मामूली चोर-उचक्का नहीं मालूम होता....हाँ....मैंने सैकड़ों जासूसी नावेल पढ़े हैं! एक नावेल में पढ़ा था कि एक बहुत बड़े मुजरिम ने अपना निजी टेलीफ़ोन एक्सचेंज क़ायम कर रखा था और सरकारी एक्सचेंज को उसकी हवा भी नहीं लगी थी।"

"तो तुम अब उससे नाराज़ हो गये हो।"

"नाराज़ तो नहीं हूँ, मगर मैं क्या बताऊँ....मैंने जासूसी नावेल में पढ़ा था कि वह आदमी हर जगह मौजूद रहता था....जहाँ नाम लो, वहीं धरा हुआ है....ख़ुदा की पनाह...." इमरान अपना मुँह पीटने लगा और रूशी हँसने लगी और काफ़ी देर तक हँसती रही, फिर अचानक चौंक कर सीधी बैठ गयी! वह हैरत से चारों तरफ़ देख रही थी।

"तुम होश में हो या नहीं!" उसने इमरान की तरफ़ झुक कर धीरे से कहा, "हम शहर में नहीं हैं।"

इमरान आँखें फाड़-फाड़ कर चारों तरफ़ देखने लगा.... कार हक़ीक़त में एक अँधेरी सड़क पर दौड़ रही थी और दोनों तरफ़ दूर तक खेत और मैदान, वग़ैरह दिखाई दे रहे थे।

"प्यारे ड्राइवर, गाड़ी रोक दो," इमरान ने ड्राइवर से कहा, लेकिन दूसरे ही पल उसे अपनी पीठ पर शीशा टूटने की आवाज़ सुनाई दी और साथ ही कोई ठण्डी-सी चीज उसकी गर्दन से चिपक कर रह गयी।

"ख़बरदार, चुपचाप बैठे रहो!" उसने अपने कान के क़रीब ही किसी को कहते सुना। "तुम्हारी गर्दन में छेद हो जायेगा। और लड़की, तुम दूसरी तरफ़ खिसक जाओ।"

टैक्सी पुराने मॉडल की थी और उसकी डिकी ऊपर की तरफ़ से खुलती थी....शायद शुरू ही से यह आदमी डिकी में छिपा हुआ था। जंगल में पहुँच कर उसने डिकी खोली और कार का पिछला शीशा तोड़ कर रिवॉल्वर इमरान की गर्दन पर रख दिया।

रूशी डरी हुई नज़रों से उस चौड़े-चकले हाथ को देख रही थी जिसमें रिवॉल्वर दबा हुआ था। इमरान हिला तक नहीं। वह किसी पत्थर के बुत की तरह चुपचाप बैठा रहा, हालाँकि उसकी पलकें तक नहीं झपक रही थीं।

कार फ़र्राटे भरती रही। रूशी पर बेहोशी आ गयी थी। उसे लग रहा था जैसे कार का रुख़ नरक की तरफ़ हो....उसकी आँखें बन्द होती जा रही थीं।

अचानक उसने एक चीख़ सुनी....बिलकुल अपने कान के क़रीब और बौखला कर आँखें खोल दीं। इमरान कार के पीछे शीशे के टूटने से पैदा हो जाने वाले छेद से अँधेरे में घूर रहा था और रिवॉल्वर उसके हाथ में था।

"ड्राइवर, गाड़ी रोको!" इमरान ने रिवॉल्वर उसकी तरफ़ करके कहा।

ड्राइवर ने पलट कर देखा तक नहीं।

"मैं तुमसे कह रहा हूँ!" उसने इस बार रिवॉल्वर का हत्था ड्राइवर के सिर पर मार दिया। ड्राइवर एक गन्दी-सी गाली दे कर पलटा, लेकिन रिवॉल्वर का रुख़ अपनी तरफ़ देख कर सहम गया।

"गाड़ी रोक दो प्यारे!" इमरान उसे चुमकार कर बोला। "तुम्हारे साथी की रीढ़ की हड्डी ज़रूर टूट गयी होगी, क्योंकि कार की रफ़्तार बहुत तेज़ थी।"

कार रुक गयी।

"शाबाश!" इमरान धीरे से बोला। "अब तुम्हें भैरवी सुनाऊँ या दुर्गत....या जो कुछ भी उसे कहते हों....धुरपद कहते हैं शायद....लेकिन पढ़े-लिखे लोग आम तौर पर ध्रुपद कहते हैं।"

ड्राइवर कुछ न बोला। वह अपने सूखे होंटों पर ज़बान फेर रहा था।

"रूशी! उसके गले से टाई खोल लो।" इमरान ने रूशी से कहा।

८

थोड़ी देर बाद कार शहर की तरफ़ वापस आ रही थी। रूशी और इमरान अगली सीट पर बैठे थे। इमरान कार चला रहा था। पिछली सीट पर ड्राइवर बेबस पड़ा हुआ था....उसके दोनों हाथ पीठ पर उसी की टाई से बाँध दिये गये थे और पैरों को जकड़ने के लिए इमरान ने अपनी पेटी इस्तेमाल की थी और उसके मुँह में दो रूमाल ठूँस दिये गये थे।

सीट के नीचे एक लाश थी जिसका चेहरा भुर्ता हो गया था।

खिड़कियों के शीशों पर काले पर्दे खींच दिये गये थे।

रूशी इस तरह ख़ामोश थी जैसे उसकी अपनी ज़िन्दगी भी ख़तरे में हो।

वह काफ़ी देर से कुछ बोलने की कोशिश कर रही थी मगर अभी तक उसे कामयाबी नहीं मिली थी, लेकिन कब तक? कार में पड़ी हुई लाश उसे पागलों की तरह चीख़ने पर मजबूर कर रही थी।

"मेरा ख़याल है कि अब तुम सीधे कोतवाली चलो।"

रूशी ने कहा

"अरे बाप रे!" इमरान डरी हुई आवाज़ में बड़बड़ाया।

"नहीं, तुम्हें चलना पड़ेगा। कुछ नहीं, कोई ख़ास बात नहीं। हम जो कुछ भी बयान देंगे, वह ग़लत नहीं होगा। तुमने अपनी जान बचाने के लिए उसे नीचे गिराया था।"

"वह तो सब ठीक है....मगर पुलिस का चक्कर.... नहीं, यह मेरे बस की बात नहीं।"

"फिर लाश का क्या होगा! तुमने वहाँ से उठाया क्यों? ड्राइवर को भी वहीं छोड़ आये होते! कार को हम शहर से बाहर ही छोड़ कर पैदल चले जाते।"

"उस वक़्त क्यों नहीं दिया था यह मशविरा!" इमरान ग़ुस्से में बोला। "अब क्या हो सकता है। अब तो हम शहर के क़रीब पहुँच गये हैं।"

रूशी के हाथ-पैर ढीले हो गये। उसने माथे से पसीना पोंछते हुए कहा, "अब भी ग़नीमत है, फिर वहीं वापस चलो।"

"तुम मुझसे ज़्यादा बेवक़ूफ़ मालूम होती हो। इस बार अगर दस-पाँच से मुलाक़ात हो गयी तो मेरा मुरब्बा बन जायेगा और तुम्हारी जलेबी।"

"फिर क्या करोगे?"

"देखो, एक बात सूझ रही है। मगर तुम्हें न बताऊँगा, वरना तुम फिर कोई ऐसा मशविरा दोगी कि मुझे अपनी अक़्ल पर रोना आ जायेगा।"

रूशी ख़ामोश हो गयी। इसलिए नहीं कि वह लाजवाब

हो गयी थी, बल्कि इसलिए कि उसका जिस्म बुरी तरह काँप रहा था और गले में जैसे काँटे उग आये थे।

इमरान कार को शहर के ऐसे हिस्से में लाया जहाँ किराये पर दिये जाने वाले बहुत-से गैराज थे।

उसने एक जगह कार रोक दी और उतर कर गैराज किराये पर लेने के लिए बातचीत करने लगा। उसने मैनेजर को बताया कि वह सैलानी है, कॉरोनेशन होटल में ठहरा है, मगर चूँकि वहाँ कारों के लिए कोई इन्तज़ाम नहीं है, इसलिए वह यहाँ एक गैराज किराये पर हासिल करना चाहता है। बात ग़ैरमामूली नहीं थी, इसलिए उसे गैराज किराये पर हासिल करने में परेशानी नहीं हुई। उसने एक हफ़्ते का एडवांस किराया अदा करके गैराज की चाभी और रसीद हासिल की और फिर कार को गैराज में रख कर, ताला लगा कर रूशी के साथ टहलता हुआ दूसरी सड़क पर आ गया।

"लेकिन इसका अंजाम क्या होगा?" रूशी बड़बड़ायी।

"सुबह तक वह ड्राइवर भी मर जायेगा।" इमरान ने बड़ी सादगी से जवाब दिया।

"तुम बिलकुल गधे हो?" रूशी झल्ला गयी।

"नहीं, अब मैं इतना गधा नहीं हूँ। मैंने अपना सही नाम और पता नहीं लिखवाया।"

"इस ख़याल में न रहना।" रूशी ने तल्ख़ आवाज़ में कहा। "पुलिस शिकारी कुत्तों की तरह पीछा करती है।"

"फ़िक्र न करो! एक हफ़्ते तक तो वह गैराज खुलता

नहीं, क्योंकि मैंने एक हफ़्ते का एडवांस किराया अदा किया है और फिर एक हफ़्ते में....मैं कहाँ हूँगा, हो सकता है मर ही जाऊँ; हो सकता है उस अनजान आदमी की मौत आ जाये....बहरहाल, वह अपने दो साथियों से तो महरूम हो ही चुका है।"

रूशी कुछ न बोली! उसका सिर चकरा रहा था।

इमरान ने एक आती हुई टैक्सी रुकवायी। रूशी के लिए दरवाज़ा खोला और फिर ख़ुद भी अन्दर बैठता हुआ ड्राइवर से बोला, "ह्वाइट मार्बेल।"

रूशी आँखें फाड़-फाड़ कर उसे देखने लगी।

"हाँ," इमरान सिर हिला कर बोला। "वहीं खाना खायेंगे। कॉफ़ी पियेंगे और तुम दो-एक पैग ले लेना। तबीयत सँभल जायेगी। वैसे अगर च्यूंइग गम पसन्द करो तो अभी दूँ....और हाँ, हम वहाँ दो-एक राउण्ड रम्बा भी नाचेंगे।"

"क्या तुम सचमुच पागल हो।" रूशी धीरे से बोली।

"हाय! कभी बेवक़ूफ़। कभी पागल! अब मैं अपना गला घोंट लूँगा।"

रूशी ख़ामोश हो गयी। वह इस सिलसिले में बहुत कुछ कहना चाहती थी, लेकिन उसे शब्द नहीं मिल रहे थे।

वे 'ह्वाइट मार्बल' में पहुँच गये.... रूशी का दिल चाह रहा था कि पागलों की तरह चीख़ती हुई घर की तरफ़ भाग जाये।

इमरान उसे एक कैबिन में बिठा कर बाथरूम की तरफ़

चला गया। बाथरूम का तो सिर्फ़ बहाना था। वह दरअसल उस कैबिन में जाना चाहता था जहाँ कस्टमरों के इस्तेमाल करने का फ़ोन था।

उसने वह नम्बर डायल किया जिस पर इन्स्पेक्टर जावेद से हर वक़्त बात की जा सकता थी।

"हैलो....! कौन....इन्स्पेक्टर जावेद से बात करनी है। ओह आप हैं, सुनिए, अली इमरान बोल रहा हूँ। हाँ....देखिए.... अमीर गंज के गैराज नम्बर तेरह में आपको नीले रंग की एक कार मिलेगी....उसमें दो शिकार हैं। एक मर चुका है और दूसरा शायद आपको ज़िन्दा मिले....गैराज की चाभी मेरे पास है। आप तलाशी का वारेंट ले कर जाइए और बेख़ौफ़ ताला तोड़ दीजिए.... हाँ, हाँ....यह इसी सिलसिले की कड़ी है....मुझे यक़ीन है कि दोनों उसी के आदमी हैं। और सुनिए काफ़ी राज़दारी की ज़रूरत है। इस बात को राज़ ही रहना चाहिए। बाक़ी बातें आपको कल सुबह मालूम होगी। अच्छा, गुड बॉय।"

इमरान रिसीवर रख कर वापस रूशी के पास आ गया।

रूशी की हालत ख़राब थी। इमरान ने खाने से पहले उसे कोल्ड कॉफ़ी पिलवायी....नतीजा किसी हद तक अच्छा ही निकला....रूशी के चेहरे पर ताज़गी के आसार नज़र आने लगे थे....लेकिन फिर भी खाना उसके हलक़ से नीचे नहीं उतर रहा था...और वह इमरान को हैरत से देख रही थी, जो खाने पर इस तरह टूट पड़ा था जैसे कई दिन से भूखा हो और उसके चेहरे पर वही पुरानी बेवक़ूफ़ी नज़र आने लगी थी।

"तुम बहुत ख़ामोश हो।" इमरान ने सिर उठाये बग़ैर रूशी

से कहा।

"कुछ नहीं! कोई ख़ास बात नहीं।" रूशी ने बेदिली से कहा

"रम्बा की क्या रही....मैं नाचने के मूड में हूँ।"

"ख़ुदा के लिए मुझे परेशान न करो।"

"तुम औरत हो या....ज़रा मुझे बताओ क्या मैं उनके हाथों मारा जाता। वे हमें कहीं ले जा कर हमारी चटनी बना डालते।"

"मैं इस मामले में बातचीत नहीं करना चाहती।" रूशी ने अपना माथा रगड़ते हुए कहा

"मैं ख़ुद नहीं करना चाहता था, ख़ुद छेड़ती हो और फिर ऐसा लगता है जैसे मुझे खा जाओगी।"

"इमरान डियर....सोचो तो अब क्या होगा।"

"दूसरा भी मर जायेगा....और दो-चार दिन बाद लाशों की बदबू फैलेगी तो गैराज का ताला तोड़ दिया जायेगा और फिर वह पकड़ा जायेगा जिसकी वह कार होगी....हा हा....!"

"और जो तुम उन्हें अपनी शक्ल दिखा आये हो।" रूशी भुन्ना कर बोली।

"गैराज वालों को!" इमरान ने पूछा और रूशी ने 'हाँ' में सिर हिलाया।

"मगर वे लोग तुम्हारी शक्ल नहीं देख सके थे। तुम महफ़ूज़ रहोगी।

"मैं तुम्हारे लिए कह रही हूँ।" रूशी झपट पड़ी।

"मेरी फ़िक्र न करो....मैं पठान हूँ। जब तक उस अनजान आदमी का सफ़ाया न कर लूँ इस शहर से नहीं जाऊँगा। वैसे मैं अब तुम्हारे साथ नहीं रह सकता।"

"क्यों?" रूशी उसे घूरने लगी।

"तुम बात-बात पर मेरी बेइज़्ज़ती करती हो। बेवक़ूफ़.... पागल और न जाने क्या-क्या कहती रहती हो। ख़ुद बोर होती हो और मुझे बोर करती हो।"

रूशी के होंटों पर फीकी-सी मुस्कुराहट आयी।

"तुम मेरे साथ रम्बा नाचोगी?" इमरान एक-एक लफ़्ज़ पर ज़ोर देता हुआ बोला।

"हूँ! अच्छा!" रूशी उठती हुई बोली। "चलो! लेकिन यह याद रखना....तुम मुझे आज बहुत परेशान कर रहे हो।"

वे दोनों डांसिग हॉल में दाख़िल हुए....दर्जनों जोड़े नाच रहे थे। थोड़ी देर बाद इमरान और रूशी भी उनकी भीड़ में ग़ायब हो गये।

९

दूसरे दिन इमरान डिपार्टमेंट ऑफ़ इनवेस्टिगेशन के सुपरिन्टेंडेण्ट के कमरे में बैठा हुआ था।

जिस वक़्त वह वहाँ दाख़िल हुआ था उसके चेहरे पर घनी दाढ़ी थी और वह कोई नेक-दिल पादरी मालूम हो रहा था....आँखों पर काले शीशों की ऐनक थी....दाढ़ी अब भी मौजूद थी, लेकिन चश्मा उतार दिया था।

सुपरिन्टेंडेण्ट वह रिपोर्ट पढ़ रहा था जो इमरान ने पिछली रात के वाक़यात के बारे में तैयार की थी।

"मगर जनाब!" सुपरिन्टेंडेण्ट ने थोड़ी देर बाद कहा, "वह कार चोरी की है। उसकी चोरी की रिपोर्ट एक हफ़्ता पहले कोतवाली में दर्ज करायी गयी थी।"

"ठीक है!" इमरान सिर हिला कर बोला। "इस क़िस्म की मुहिम में ऐसी ही कारें इस्तेमाल की जाती हैं। मेरा ख़याल है कि यहाँ आये दिन कारें चुरायी जाती होंगी।"

"आपका ख़याल ठीक है, लेकिन वे कहीं-न-कहीं मिल भी जाती हैं। यह पहला वाक़या है कि ऐसी किसी कार के साथ

किसी आदमी भी पकड़ा गया है।"

"ड्राइवर से आपने क्या मालूम किया?" इमरान ने पूछा।

"कुछ भी नहीं। वह कहता है कि कल शाम ही को उसकी ख़िदमत हासिल की गयी थी। वह दरअसल एक टैक्सी ड्राइवर है और उसे सिर्फ़ तीन घण्टे काम करने की मज़दूरी तीन सौ रुपये एडवांस दे दिये गये थे।"

"ओह! तो इसका मतलब है कि जिससे कुछ मालूम होने की उम्मीद की जा सकती थी, वह ख़त्म ही हो गया। ख़ैर....लेकिन यह तो मालूम किया ही जा सकता है कि मरने वाला कौन था, कहाँ रहता था किन इलाक़ों से उसका ताल्लुक़ था?"

"जावेद इस पर काम कर रहा है और मुझे उम्मीद है कि वह कामयाब होगा।"

"ठीक! अच्छा, क्या आप इस बात को जानते हैं....मगर नहीं....ख़ैर, मैं अभी क्या कह रहा था।"

इमरान ख़ामोश हो कर माथे पर उँगली मारने लगा....वह दरअसल सुपरिन्टेंडेण्ट से फोन नम्बर सिक्स नॉट के बारे में बात करने जा रहा था....लेकिन फिर कुछ सोच कर रुक गया।

"क्या आप कोई ख़ास बात कहने वाले थे?" सुपरिन्टेंडेण्ट ने पूछा।

"वह भी भूल गया।" इमरान ने संजीदगी से कहा। फिर उसके चेहरे पर न जाने कहाँ का ग़म टूट पड़ा और वह ठण्डी साँस ले कर दर्दनाक आवाज़ में बोला। "मैं नहीं जानता कि

यह कोई मर्ज़ है या ज़ेहनी कमज़ोरी....अचानक ऐसे बहकता हूँ कि सब कुछ भूल जाता हूँ। हो सकता है कि थोड़ी देर बाद वह बात याद आ ही जाये जो मैं आपसे कहना चाहता था।"

सुपरिन्टेंडेण्ट उसे टटोलने वाली नज़रों से देखने लगा। लेकिन इमरान के चेहरे से उसकी दिली हालात का अन्दाज़ा कर लेना आसान काम नहीं था।

फिर इस केस के बारे में दोनों में काफ़ी देर तक अलग-अलग तरह की बातें होती रहीं। सुपरिन्टेंडेण्ट ने उसे बताया कि ए.बी.सी. होटल के तीन आदमी नक़ली नोटों समेत पकड़े गये हैं। इमरान ने नोटों के नम्बर माँग लिये। सुपरिन्टेंडेण्ट ने दराज़ से लिस्ट निकाल कर उसकी तरफ़ बढ़ा दी।

"नहीं।" इमरान सिर हिला कर बोला। "इसमें सिर्फ़ वही नम्बर हैं जो मैं होटल में हारा था। एक भी ऐसा नम्बर नज़र नहीं आता, जो उस आदमी वाले पैकेटों से ताल्लुक़ रखता हो।"

"तब तो हमें मानना पड़ेगा कि ए.बी.सी. वालों का इससे कोई ताल्लुक़ नहीं। ज़ाहिर है कि अगर वह होशियार हो गया था तो उसे ए.बी.सी. वालों को भी नोटों के इस्तेमाल से रोक देना चाहिए था।"

"नहीं! उसके बारे में तो कुछ कहा ही नहीं जा सकता।" इमरान ने कहा, "हो सकता है कि ताल्लुक़ ज़ाहिर न करने ही के लिए उसने जान-बूझ कर उन आदमियों को पुलिस के चंगुल में दे दिया हो।"

"जी हाँ, यह भी हो सकता है!" सुपरिन्टेंडेण्ट सिर हिलाने लगा।

"फ़िलहाल हमें ए.बी.सी. वालों को नज़रअन्दाज़ कर देना चाहिए।" इमरान ने कहा।

"लेकिन अब आप क्या करेंगे?" सुपरिन्टेंडेण्ट ने पूछा।

"बताना बहुत मुश्किल है। मैं पहले से कोई काम तय नहीं करता। बस, वक़्त पर जो सूझ जाये! पिछली रात के वाक़यात के बाद इसका क्या असर होता है, अब उसका इन्तज़ार है।"

फिर इमरान ज़्यादा देर तक वहाँ नहीं बैठा, क्योंकि एक नया ख़याल उसके ज़ेहन में उभर रहा था। वह वहाँ से निकल कर एक तरफ़ चलने लगा, लेकिन साथ ही इस बात का भी अन्दाज़ा करता जा रहा था कि कहीं कोई उसका पीछा तो नहीं कर रहा।

उसने आज भी सुपरिन्टेंडेण्ट से रूशी के बारे में नहीं बताया था। वह उसे पर्दे में ही रखना चाहता था।

कुछ दूर चल कर वह एक टेलीफ़ोन बूथ के सामने रुक गया। उसने मुड़ कर देखा, दूर-दूर तक किसी का पता नहीं था। सड़क ज़्यादा चलती हुई नहीं थी। कभी-कभार एक-दो कारें गुज़र जाती थी या कोई राहगीर चलता हुआ नज़र आ जाता था।

इमरान बूथ का दरवाज़ा खोल कर अन्दर चला गया। उसने छेद में सिक्का डाला....और दूसरे पल में सिक्स नॉट को डायल करने लगा।

"हैलो!" दूसरी तरफ़ से एक भारी आवाज़ आयी।

"मैं रूशी बोल रही हूँ।" इमरान ने माउथपीस में कहा अगर इस वक़्त रूशी यहाँ मौज़ूद होती तो वह इमरान की आवाज़ सुन कर ज़रूर बेहोश हो जाती।

"रूशी!"

"हाँ! मैं बहुत परेशान हूँ।"

"क्यों?"

"उसने पिछली रात एक आदमी को मार डाला है....वह हमारी टैक्सी की डिकी में छिप गया था....फिर एक जगह उसने पिछला शीशा तोड़ कर हमें रिवॉल्वर दिखाया। मैं नहीं कह सकती कि उसे उसने किस तरह नीचे गिरा दिया।" इमरान ने पूरा वाक़या दोहराते हुए कहा, "मैं बहुत परेशान थी। मैंने उससे कहा कि पुलिस को ख़बर कर दे, मगर उसने इनकार कर दिया....मेरी समझ में नहीं आ रहा था कि क्या करूँ। बहरहाल, मैंने घबराहट में पुलिस को फ़ोन कर दिया कि फ़लाँ नम्बर के गैराज में एक लाश है, लेकिन मैंने यह नहीं बताया कि मैं कौन हूँ।"

"उसे पता है कि तुमने पुलिस को फ़ोन किया है?"

"नहीं! मैंने उसे नहीं बताया। मैं बहुत परेशान हूँ। वह कोई ख़तरनाक आदमी मालूम होता है....कौन है? यह मैं नहीं जानती।"

"तुम इस वक़्त कहाँ से बोल रही हो?"

"यह नहीं बताऊँगी। मुझे तुमसे भी डर लग रहा है।"

दूसरी तरफ़ से हल्के से क़हक़हे की आवाज़ आयी और बोलने वाले ने कहा, "तुम पब्लिक बूथ नम्बर चौबीस से बोल

रही हो।"

और इमरान की आँखें हैरत से फैल गयीं।

"मैं जा रही हूँ!" उसने घबराहट में कहा

"नहीं ठहरो! इसी में तुम्हारी भलाई है....वरना जानती हो कि क्या होगा? अगर पुलिस के हत्थे चढ़ गयीं तो....मेरा तुमसे कोई झगड़ा नहीं, बल्कि तुम कई बार अनजाने में मेरा काम भी आ चुकी हो....! मैं तुम्हें इस जंजाल से बचाना चाहता हूँ....हाँ, तो मैं यह कह रहा था कि तुम बूथ के बाहर ठहरो! आधे घण्टे के अन्दर-अन्दर मेरा एक आदमी वहाँ पहुँच जायेगा।"

"क्या....नहीं, नहीं!" इमरान ने मना किया और बोला। "मैं बिलकुल बेक़सूर हूँ। मैं क्या करूँ वह बेकार में मेरे गले पड़ गया है।"

"डरो नहीं रूशी!" बोलने वाले ने उसे चुमकार कर कहा "मैं तुम्हारी मदद करना चाहता हूँ। इसी में तुम्हारी भलाई है।"

इमरान ने फ़ौरन ही जवाब नहीं दिया।

"हैलो!" दूसरी तरफ़ से आवाज़ आयी।

"हैलो," इमरान काँपती हुई आवाज़ में बोला। "अच्छा, मैं इन्तज़ार करूँगी, लेकिन मुझे यक़ीन है कि यह मेरी ज़िन्दगी का आख़िरी दिन है।"

"बहुत डर गयी हो!" क़हक़हे के साथ आवाज़ आयी। "अरे, अगर मैं तुम्हें मारना चाहता तो तुम अब तक ज़िन्दा न होतीं। अच्छा, तुम वहीं ठहरो।"

बातचीत का सिलसिला बन्द हो गया। इमरान बूथ से निकल आया। उसके होंटों पर शरारती मुस्कान थी और दाढ़ी में यह मुस्कान न जाने क्यों ख़तरनाक लग रही थी।

आधे घण्टे तक उसे इन्तज़ार करना था। वह टहलता हुआ सड़क की दूसरी तरफ़ चला गया। उधर कुछ घने पेड़ थे।

रूशी का इन्तज़ाम उसने पिछली रात को ही कर लिया था। वह इस वक़्त एक अजाने-से होटल के एक कमरे में टिकी हुई थी और इमरान ने पिछली रात उसके फ़्लैट में अकेले गुज़ारी थी।

वह दरख़्तों के नीचे टहलता रहा। बार-बार उसकी नज़र कलाई में बँधी घड़ी की तरफ़ जाती थी। बीस मिनट गुज़र गये। अब वह फिर बूथ की तरफ़ जा रहा था।

ज़्यादा देर नहीं गुज़री थी जब उसने महसूस किया कि एक कार क़रीब ही उसके पीछे आ कर रुकी है।

अचानक इमरान पर खाँसियों का दौरा पड़ा। वह पेट दबाये हुए झुक कर खाँसने लगा। फिर सीधा खड़ा हो कर बूथ की तरफ़ मुक्का लहराता हुआ ग़ुस्सायी आवाज़ में बोला, "साली, कभी तो बाहर निकलोगी।"

"क्या बात है जनाब," किसी ने पीछे से कहा।

इमरान चौंक कर मुड़ा। उसके तीन या चार फ़ुट की दूरी पर एक भारी-भरकम जवान खड़ा था और सड़क पर एक ख़ाली कार मौज़ूद थी।

"क्या बताऊँ जनाब!" इमरान इस तरह बोला जैसे खाँसियों के दौरे की वजह से साँसें उलझ रही हों। वह कुछ

पल हाँफता रहा फिर बोला। "एक घण्टे से अन्दर घुसी हुई है....मुझे भी एक ज़रूरी फोन करना है....कई बार दस्तक दे चुका हूँ। हर बार यही कह देती है, 'एक मिनट ठहरिए!' एक मिनट की ऐसी-की-तैसी एक घण्टा हो गया....।"

"ओह ठहरिए!" मैं देखता हूँ!" आने वाला आगे बढ़ता हुआ बोला। उसने हैंडल घुमा कर दरवाज़ा खोला, लेकिन फिर उसे मुड़ना नसीब नहीं हुआ। इमरान का हाथ उसकी गर्दन दबोच चुका था.... उसने उसे बूथ के अन्दर धक्का दे दिया और ख़ुद भी तूफ़ान की तरह उस पर जा गिरा।

बूथ का दरवाज़ा अपने आप बन्द होता था। इसलिए उसे बन्द करने की ज़रूरत भी नहीं थी। वह उन दोनों के दाख़िल होते ही अपने आप बन्द हो गया था।

थप्पड़ों, घूँसों और लातों का तूफ़ान।

हाथ के साथ-साथ इमरान की ज़बान भी चल रही थी।

"मैं रूशी, तुम्हारी ठुकाई कर रही हूँ, मेरी जान। अपने बुलडॉग से कह देना कि मेरे बाक़ी के नोट मुझे वापस कर दे, वरना एक दिन उसे भी किसी चूहेदानी में बन्द करके मारूँगा.... और वह साली रूशी....वह भी मुझे धोखा दे गयी। कल रात से ग़ायब है और बेटा, कल रात मैंने तुम्हारे एक साथी की कमर तोड़ दी है।"

इमरान उस पर इस तरह टूट पड़ा था कि उसे कुछ सोचने-समझने का मौक़ा ही न मिल सका। फिर ऐसी सूरत में चुपचाप पिटते रहने के अलावा और क्या हो सकता था।

थोड़ी देर में उसने हाथ-पैर डाल दिये।

इमरान ने उसे कॉलर से पकड़ कर उठाया, लेकिन उसके पैर ज़मीन पर टिकते ही नहीं थे।

"देखो बेटा! अपने बुलडॉग से कह देना कि आज रात को मेरे बाक़ी नोट वापस मिल जाने चाहिएँ....वो नक़ली हैं। मैं अभी उन्हें बाज़ार में नहीं लाना चाहता था। मगर उस कुत्ते की वजह से मेरा खेल बिगड़ गया है। आख़िर वह दूसरों के मामले में टाँग अड़ाने वाला होता कौन है! उससे कहो, आज रात मुझे नोट वापस मिलने चाहिएँ। मैं रूशी ही के फ़्लैट में हूँ! वह मुझसे नाराज़ हो कर कहीं छिप गयी है....आज रात को....भूलना नहीं....मैं रूशी के फ़्लैट ही में मिलूँगा और यह भी कह देना उस चिड़ीमार से कि ए.बी.सी. होटल में एक पुलिस अफ़सर मछलियों के शिकार के बहाने ठहरा हुआ है, होशियार रहना।"

फिर उसने खींच कर उसे बूथ से बाहर निकाला।

सड़क सुनसान थी....। आने वाला अगर चाहता तो खुली जगह में उससे अच्छी तरह निपट सकता था, मगर हक़ीक़त यह थी कि अब उसमें लड़ने की ताक़त नहीं रह गयी थी।

इमरान ने उसे स्टीयरिंग के सामने बिठा दिया।

"जाओ! दफ़ा हो जाओ।" इमरान ने कहा "वरना हो सकता है कि मुझे तुम पर फिर प्यार आने लगे। अपने बुलडॉग तक मेरा पैग़ाम जरूर पहुँचा देना, नहीं तो फिर जानते हो मुझे जहाँ भी अँधेरे-उजाले में मिल गये, तुम्हारा आमलेट बना कर रख दूँगा।"

◀◀ ● ▶▶

१०

हुदहुद को इमरान ने बिलकुल अपने रंग में ढालने की कोशिश की थी। हालाँकि वह सचमुच थोड़ा-सा बेवक़ूफ़ था, लेकिन इमरान के इशारे पर बिलकुल मशीन की तरह काम करता था। काहिल और सुस्त होने के बावजूद भी काम के वक़्त उसमें काफ़ी फुर्तीलापन आ जाता था।

मगर इस काम से वह बुरी तरह परेशान था जो आजकल उसे सौंपा गया था। वह इस काम को भी किसी हद तक बर्दाश्त कर सकता था। मगर कम-से-कम ए.बी.सी. होटल में ठहरने के लिए तैयार नहीं था। लेकिन इमरान से डरता भी था और वह बेचारा अभी तक इस बात के बारे में कुछ नहीं जानता था कि उसे हक़ीक़त में क्या करना है। वैसे डिपार्टमेंट उसे मछली का शिकार करने की तनख़्वाह तो देता नहीं था।

कल वह होटल में आया और आज उसे इमरान की हिदायत के मुताबिक़ शिकार के लिए सुबह से शाम तक समन्दर के किनारे बैठना था।

लेकिन वह ए.बी.सी. की फ़िज़ा और माहौल से बहुत परेशान था। उसे वहाँ हर वक़्त बुरे आदमी और बुरी औरतें

दिखती थीं।

इस वक़्त वह नाश्ते की मेज़ पर बैठा जल्दी-जल्दी नाश्ता गले में भर रहा था। वह जल्द-से-जल्द यहाँ से निकल जाना चाहता था....! बात यह थी कि उसे काउण्टर के क़रीब वही औरत दिख गयी थी जिसने पिछली रात उसे बहुत परेशान किया था। रात वह नशे में थी और हुदहुद के सिर हो गयी थी कि वह उसे फ़िल्म देवदास का गाना 'बालम आय बसो मोरे मन में' सुनाये हुदहुद की बौखलाहट देख कर दूसरे लोग भी इस मज़ाक़ में दिलचस्पी लेने लगे थे। पता नहीं किस तरह हुदहुद ने उससे अपना पीछा छुड़ाया था। अब इस वक़्त फिर उसे देख कर उसके हाथ-पैर फूल गये थे।

लेकिन वह औरत इस वक़्त नशे में नहीं थी और काफ़ी संजीदा दिख रही थी। हुदहुद ने जल्दी-जल्दी नाश्ता ख़त्म किया और कमरे से शिकार का सामान ले कर घाट की तरफ़ चला गया।

हुदहुद यहाँ आने का मक़सद तो जानता नहीं था। वह अच्छी तरह जानता था कि इमरान को इस इलाक़े से क्यों दिलचस्पी हो सकती है। मगर वह यह नहीं जानता था कि ख़ुद उसे क्या करना है....अलबत्ता, वह अपनी आँखें ज़रूर खुली रखना चाहता था।

इस हिस्से में समन्दर ख़ामोश था और इधर लांचों और कश्तियों का भी आना-जाना नहीं रहता था। उसे अपने अलावा दो-तीन आदमी और भी दिखाई दिये जो पानी में डोरियाँ डाले बैठे ऊँघ रहे थे।

वह एक बजे तक झक मारता रहा लेकिन एक मछली भी उसके काँटे में न लगी।

लेकिन वह शायद इससे बेख़बर था कि थोड़ी ही दूरी पर एक आदमी खड़ा ख़ुद उसी का शिकार करने की ताक में है।

वह आदमी कुछ पल खड़ा सिगरेट के कश लेता रहा फिर धीरे-धीरे हुदहुद की तरफ़ बढ़ा।

"आजकल शिकार मुश्किल ही से मिलता है!" उसने हुदहुद से कुछ दूरी पर बैठते हुए कहा

हुदहुद चौंक कर उसे घूरने लगा। वह दुबला-पतला और लम्बे क़द का आदमी था। उम्र तीस और चालीस के बीच रही होगी। उसके गले में एक कैमरा लटक रहा था।

"जज....जी....हाँ!" हुदहुद हकलाते हुए बोला।

"आप इस शौक़ को कैसा समझते हैं?" आने वाले ने पूछा।

"मम....माफ़ कीजियेगा! मम....मैं समझा नहीं।"

"ओह! मेरे इस सवाल को किसी और मतलब में न लीजिएगा। मेरा ताल्लुक़ दरअसल एक फ़ोटो मैगज़ीन से है और मेरा काम यह है कि मैं अलग-अलग तरह की हॉबीज़ के बारे में जानकारी और तस्वीरें हासिल करूँ।"

"यह मेरी हॉबी नहीं बल्कि....पप....पेशा है!" हुदहुद मुस्कुरा कर बोला।

"मैं नहीं यक़ीन कर सकता जनाब!" आने वाला भी हँसने लगा। "हमारे यहाँ के पेशेवर समन्दर में जाल डालते हैं और उनके कपड़े इतने अच्छे नहीं होते....और वे तिनकों के हैट नहीं लगाते।"

हुदहुद भी बेकार ही में हँसने लगा। और आने वाले ने कहा, "मैं आपका शुक्रगुज़ार रहूँगा अगर आप मुझे शिकार खेलते हुए दो-तीन पोज़ दे दें।"

"यहाँ अकेला....मम....मैं....ही....तत....तो नहीं हूँ।"

"ठीक है! लेकिन मैं उन्हें इस लायक़ नहीं समझता कि उनकी तस्वीर किसी ऐसी मैगज़ीन में छपे जो अमरीका, इंग्लैण्ड, फ़्रांस, जर्मनी और हॉलैण्ड जैसे मुल्कों में जाती हो।"

हुदहुद गधे की तरह फूल गया और उसने अपने तीन पोज़ दिये। लेकिन इस शौक़ के बारे में ख़याल ज़ाहिर करते वक़्त वह बुरी तरह हकलाने लगा, क्योंकि उसे मछलियों के बारे में सिर्फ़ इतना ही पता था कि हर मछली जायक़ेदार नहीं होती और चाहे वह किसी क़िस्म से ताल्लुक़ रखती हो उसमें काँटे ज़रूर होंगे।

"मैं ज़बानी....नन....नहीं....बब....बब....बता सकता।" उसने आख़िरकार तंग आ कर कहा, "लिख कर....दे....सकता हूँ।"

"होता है....होता है।" आने वाला सिर हिला कर बोला। "कुछ लोग लिख सकते हैं, बयान नहीं कर सकते। अच्छा कोई बात नहीं....। मुझे उसके बारे में जितना मालूम है ख़ुद ही लिख लूँगा। वैसे आप मुझे अपना नाम और पता लिखवा दीजिए।"

हुदहुद ने इत्मीनान का साँस लिया। फिर उसने अपना नाम और पता ग़लत लिखवा दिया।

फ़ोटोग्राफ़र चला गया। लेकिन उस आने वाले की घात में भी कोई था। जैसे ही वह रेतीले हिस्से को पार करके बन्दरगाह की तरफ़ जाने वाली सड़क पर पहुँचा, एक आदमी एक टीले की ओट से निकल कर उसका पीछा करने लगा और यह आदमी इमरान के अलावा और कोई नहीं था।

◀◀ ● ▶▶

११

रूशी होटल में पिछली रात से इमरान का इन्तज़ार कर रही थी! वह उसे होटल में ठहरा कर जल्दी ही वापस आने का वादा करके चला गया था। रूशी उसके लिए बेहद फ़िक्रमन्द थी, लेकिन इतनी हिम्मत भी नहीं रखती थी कि उसकी तलाश में निकल खड़ी होती।

उसे पुलिस का भी ख़तरा था और वह भयानक आदमी तो था ही उसकी तलाश में। सारा दिन गुज़र गया, लेकिन इमरान नहीं आया। इस वक़्त शाम के चार बज रहे थे और रूशी बिलकुल नाउम्मीद हो चुकी थी। उसे यक़ीन था कि इमरान किसी-न-किसी मुसीबत में फँस गया है।

या तो वह पुलिस के हत्थे चढ़ गया है। या फिर उस भयानक आदमी के....वह इस ख़याल ही से काँप उठी....उसके ख़याल में इमरान की लाश थी।

वह पलँग पर करवटें बदल रही थी। उसकी समझ में नहीं आता था कि क्या करे! अचानक किसी ने दरवाज़े पर दस्तक दी और रूशी उछल पड़ी....लेकिन फिर उसने सोचा हो सकता है वेटर हो, क्योंकि यह चाय का वक़्त था।

"आ जाओ," रूशी ने बेदिली से कहा।

दरवाज़ा खुला। इमरान सामने खड़ा मुस्कुरा रहा था।

"तुम।" रूशी बेतहाशा उछल कर उसकी तरफ़ लपकी। "तुम कहाँ थे? मैं तुम्हें मार डालूँगी।"

"हाँय।" इमरान इस तरह बौखला कर पीछे हट गया जैसे उसे सचमुच रूशी की तरफ़ से कातिलाना हमले का अन्देशा हो।

रूशी हँसने लगी....मगर उसे झिंझोड़ कर बोली। "तुम बड़े सुअर हो। बताओ, कहाँ थे।"

"चच्ची फ़रज़ाना का मकान तलाश रहा था।" इमरान संजीदगी से बोला।

"क्यों....ये कौन हैं?"

"मैं नहीं जानता।" इमरान ठण्डी साँस ले कर बोला। "मुझे मालूम है कि वे एक ऐसे आदमी को जानती हैं जिसका बायाँ कान आधा कटा हुआ है।"

"करने लगे बेतुकी बातें....। तुम मुझे इस तरह छोड़ कर कहाँ चले गये थे।"

"क्या तुम मरना चाहती हो।"

"हाँ, मैं मरना चाहती हूँ।" रूशी झल्ला गयी।

"अच्छा तो उर्दू के इश्क़िया नॉवेल पढ़ना शुरू कर दो! तुम बहुत जल्द बोर हो कर मर जाओगी।"

"इमरान!....मैं तुम्हें गोली मार दूँगी।"

"चलो, बैठ जाओ।" इमरान उसे एक आराम-कुर्सी पर धकेलता हुआ बोला। "हम दोनों की ज़िन्दगी का दारोमदार सिर्फ़ उस अनजान आदमी की मौत पर है।"

रूशी उसे ख़ामोशी से देखती रही फिर बोली। "तुम आख़िर हो क्या बला.... मुझे बताओ, मैं पागल हो जाऊँगी।"

"मैं तुमसे पूछता हूँ कि क्या कल रात फ़ोन पर तुमने पुलिस को ख़बर दी थी?"

"किस बात की ख़बर?" रूशी चौंक पड़ी।

"यही कि गैराज नम्बर तेरह में एक लाश है।"

"हरगिज़ नहीं! भला मैं क्यों ख़बर देने लगी।"

"पता नहीं। फिर वह कौन औरत है? तुमने शाम का कोई अख़बार देखा।"

"नहीं....मैंने नहीं देखा। मुझे पूरी बात बताओ! उलझन में न डालो।"

"पुलिस ने गैराज का ताला तोड़ कर लाश ढूँढ ली है। ड्राइवर ज़िन्दा निकला। सिर्फ़ बेहोश हो गया था। अख़बार की ख़बर है कि पिछली रात किसी अनजान औरत ने जो देखने से ऐंग्लो इण्डियन मालूम होती थी, फ़ोन पर उसकी ख़बर पुलिस को दी थी।"

"मैं क़सम खाने को तैयार हूँ।"

"मुझे यक़ीन है कि तुम ऐसी हरकत नहीं कर सकतीं। कहने का मतलब सिर्फ़ यह है कि तुभ मेरी इजाज़त के बग़ैर इस होटल से बाहर क़दम न निकालना, चाहे मुझसे एक हफ़्ते

के बाद ही मुलाक़ात क्यों न हो।"

"मैं वादा नहीं कर सकती।"

"क्यों?"

"मैं तुम्हारे साथ रहूँगी। तुम मुझे अकेला नहीं छोड़ सकते।"

"यानी तुम चाहती हो कि हम दोनों की गर्दनें एक साथ ही कटें।"

"न जाने क्यों! मुझे तुम्हारी मौजूदगी में किसी भी तरह का ख़तरा महसूस नहीं होता।"

"अच्छा, सिर्फ़ आज रात और यहाँ ठहर जाओ।"

"आख़िर क्यों?.... तुम क्या करते फिर रहे हो ? मुझे बताओ।"

"नहीं रूशी! तुम बहुत अच्छी हो। तुम आज रात यहीं ठहरोगी। अच्छा यह बताओ, कभी तुमने ए.बी.सी. होटल में कोई ऐसा आदमी देखा है। जिसका बायाँ कान आधा कटा हुआ हो।"

रूशी पलकें झपकाने लगी! शायद वह कुछ याद करने के लिए ज़ेहन पर ज़ोर दे रही थी।

"क्यों? तुम यह क्यों पूछ रहे हो?" उसने धीरे से पूछा। "नहीं! मैंने वहाँ ऐसा कोई आदमी नहीं देखा। लेकिन मैं ऐसे एक आदमी को जानती ज़रूर हूँ।"

"ए.बी.सी. से ताल्लुक़ है उसका।" इमरान ने पूछा।

"नहीं! वह इस हैसियत का आदमी नहीं है कि उसका

गुज़र ए.बी.सी. जैसी मँहगी जगहों में हो सके। वह मछुआरों की एक कश्ती पर नौकर है।"

"तुम्हें यक़ीन है कि उसका बायाँ कान कटा हुआ है।"

"हाँ! लेकिन तुम....।"

"श्श....ठहरो! मुझे बताओ कि वह इस वक़्त कहाँ मिलेगा।"

"मैं भला कैसे बता सकती हूँ। मुझे उसका घर नहीं मालूम।"

"तो उस कश्ती ही का पता निशान बताओ जिस पर काम करता है।"

"हर्शफ़ील्ड फ़िशरीज़!"

"हर्शफ़ील्ड फ़िशरीज़!" इमरान ने एक लम्बी साँस ले कर धीरे से दोहराया। फिर उठता हुआ बोला। "अच्छा टा....टा.... कल सुबह मुलाक़ात होगी।"

"ठहरो! मुझे बताओ कि तुम किस चक्कर में हो।"

"मैं अपने बाक़ी नोट वापस लेना चाहता हूँ।"

"कुछ भी हो।" रूशी उसे घूरती हुई बोली। "अब तुम मुझे इतने बेवक़ूफ़ नहीं मालूम होते जितने उस शाम ए.बी.सी. में मालूम होते थे।"

"फिर बेवक़ूफ़ कहा....। तुम ख़ुद बेवक़ूफ़....।"

इमरान उसे घूँसा दिखाता हुआ कमरे से निकल गया।

१२

रूशी का फ़्लैट आज रात बहुत ज़्यादा जगमगा रहा था। इमरान ने कुछ और बल्बों का इज़ाफ़ा किया था और वह फ़्लैट में अकेला था।

अगर उसके डिपार्टमेंट के किसी आदमी को उसकी इन हरकतों के बारे में मालूम हो जाता तो वह उसे बिलकुल दीवाना और पागल समझ लेता।

आज दिन भर वह ग़लतियों पर ग़लतियाँ करता रहा था। मुजरिमों में से एक का हाथ आ जाना और फिर उसे सिर्फ़ मामूली-सी मरम्मत करके वापस कर देना क़ानूनी तौर पर एक बहुत बड़ी ग़लती थी। होना तो यह चाहिए था कि इमरान उसे गिरफ़्तार करके उसे मजबूर करता कि वह अपने दूसरे साथियों का पता बताये। फिर उसने उसे हुदहुद के वजूद से आगाह कर दिया, बल्कि अपने बारे में भी बता दिया कि रूशी के फ़्लैट ही में रात गुज़ारेगा। और अब इसमें इस तरह रोशनी किये बैठा था जैसे किसी ख़ास प्रोग्राम के इन्तज़ाम में जुटा हुआ हो।

घड़ी ने बारह बजाये और उसने दरवाज़ों की तरफ़ देखा जो खुले हुए थे, लेकिन उसे घड़ी की टिक-टिक के अलावा

और कोई आवाज़ न सुनाई दी।

दरवाज़े तो क्या, आज उसने खिड़कियाँ तक खुली रखी थीं, हालाँकि आज सर्दी बहुत ज़्यादा थी।

अचानक उसे क़दमों की आवाज़ सुनाई दी जो धीरे-धीरे क़रीब होती जा रही थी। फिर किसी ने गुनगुना कर कहा, "रूशी डार्लिंग।"

दूसरे ही पल एक नौजवान दरवाज़े में खड़ा बेवक़ूफ़ों की तरह पलकें झपका रहा था।

"कहिए।" इमरान मुस्कुराते हुए बोला।

"ओह....माफ़ कीजिएगा।" उसने शर्मायी हुई आवाज़ में कहा, "यहाँ पहले रूशी रहती थी।"

"अब भी रहती है! अन्दर आइए।" इमरान बोला।

नौजवान कमरे में चला गया।

"रूशी कहाँ है?"

"वह आजकल अपनी मौसी के यहाँ मुर्ग़ियों की देख-भाल का तरीक़ा सीख रही है।"

"आप कौन हैं?"

"मैं एक शरीफ़ आदमी हूँ।"

"रूशी...." नौजवान ने रूशी को आवाज़ दी।

"मैं कह रहा हूँ न कि वह इस वक़्त यहाँ नहीं है!" इमरान बोला।

"अरे, वह बड़ी शरारती है।" नौजवान हँस कर बोला।

"मेरी आवाज़ सुन कर छिप गयी है! ख़ैर, मैं ढूँढ लेता हूँ।"

नौजवान बड़ी बेतकल्लुफी से रूशी के सोने वाले कमरे में दाख़िल हो गया। इमरान उसके पीछे-पीछे चल रहा था। नौजवान ने दो-तीन मिनट के अन्दर ही अन्दर पूरे फ़्लैट की तलाशी ले डाली....फिर दूसरी तरफ़ की अँधेरी गली में टॉर्च की रोशनी डालने लगा।

"बस करो मेरे लाल।" इमरान उसके कन्धे पर हाथ रखता हुआ बोला। "अभी तुम्हारे मुँह से दूध की बू आती है।"

"क्या मतलब।" नौजवान झल्ला कर मुड़ा।

"मतलब भी बताऊँगा....आओ मेरे साथ।" इमरान ने कहा और फिर उसे बैठने के कमरे में वापस लाया....नौजवान उसे लगातार घूर रहा था।

"बैठिए जनाब....।" इमरान ने उससे बैठने के लिए इशारा किया।

"अभी तुमने क्या कहा था?" नौजवान ने झल्लायी हुई आवाज़ में पूछा।

"मैंने कहा था, आप तलाशी ले चुके और अब आपको इत्मीनान हो गया कि मेरे साथ दूसरे आदमी नहीं हैं....अब चले जाइए और अपने बुलडॉग से कह दीजिए कि मेरे नोट मुझे वापस कर दे। मैं बहुत बुरा आदमी हूँ। अपने साथ भीड़-भाड़ नहीं रखता। अकेले काम करता हूँ। मैं इस वक़्त फ़्लैट में अकेला हूँ। लेकिन मेरा दावा है कि तुम्हारा बुलडॉग मेरा बाल भी बाँका नहीं कर सकता। यह देखो....मैंने सारे दरवाज़े खोल रखे हैं....और सारे बल्ब जला दिये हैं....लेकिन....हा-हा....कुछ

नहीं।"

"मैं नहीं समझा कि आप क्या कह रहे हैं।"

"जाओ यार, भेजा न चाटो....उसे मेरा पैग़ाम पहुँचा दो जिसने तुम्हें भेजा है। चलो, अब खिसको भी, वरना मेरा हाथ तुम पर भी उठ जायेगा। आज ही मैं तुम्हारे एक साथी की अच्छी-ख़ासी मरम्मत कर चुका हूँ।"

"मैं तुम्हें देख लूँगा....।" नौजवान उठता हुआ बोला और आँधी की तरह कमरे से निकल गया।

लेकिन इमरान इस तरह खड़ा था जैसे उसे अभी किसी और का इन्तज़ार हो। उसने जेब से च्यूँइंग गम का पैकेट निकाला। और उसमें से एक टुकड़ा निकाल कर मुँह में डाला और उसे धीरे-धीरे कुचलने लगा।

सेकेण्ड, मिनटों और मिनट घण्टों में बदलते चले गये। लेकिन क़रीब या दूर किसी क़िस्म की भी आवाज़ न सुनाई दी।

और फिर इमरान ख़ुद को सचमुच बेवक़ूफ़ समझने लगा। उसे उम्मीद थी कि वह अनजान आदमी ज़रूर आयेगा। लेकिन अब दो बज रहे थे और फ़्लैट के चारों तरफ़ सन्नाटा छाया हुआ था।

उसने सोचा कि अब इस बेवक़ूफ़ी को ख़त्म कर दे, हो सकता है कि वह नौजवान रूशी ही का कोई कस्टमर रहा हो। इमरान दरवाज़े और खिड़कियाँ बन्द करने के लिए उठा।

अभी वह दरवाज़े के क़रीब भी नहीं पहुँचा था कि गली में क़दमों की आवाज़ें गूँजने लगीं। कोई बहुत तेज़ी से इसी तरफ़

आ रहा था।। इमरान बड़ी फुर्ती से तीन–चार क़दम पीछे हट आया।

लेकिन दूसरे ही पल में उसकी आँखें हैरत से फैल गयीं। रूशी दरवाज़े में खड़ी बुरी तरह हाँफ रही थी।

"तुमने मेरा कहना नहीं माना।" इमरान आँखें निकाल कर बोला।

"बस, तुम इसी तरह बकवास किया करो।" रूशी एक सोफ़े पर गिरते हुए बोली। फिर अपना बैग खोल कर उसने दो पैकेट निकाले और उन्हें इमरान की तरफ़ उछालते हुए कहा "अपने बाक़ी पैकेट भी सँभालो।"

इमरान ने पैकेटों को उलट–पलट कर देखा और फिर हैरत से रूशी की तरफ़ देखने लगा।

"कुछ देर पहले मेरा हार्टफ़ेल होते–होते बचा है।" रूशी ने कहा।

"क्यों? तुम्हें यह पैकेट कहाँ से मिले?"

"बताती हूँ....ज़रा दम लेने दो।" रूशी ने कहा और उठ कर अलमारी से ह्विस्की की बोतल निकाली....बड़े गिलास में छह अंगुल ख़ालिस ह्विस्की ले कर उसकी चुस्कियाँ लेने लगी।

फिर उसने रूमाल से होंट सुखाते हुए कहा "मुझे नींद नहीं आ रही थी। ठीक एक बजे किसी ने दरवाज़े पर दस्तक दी। मैं समझी शायद तुम हो! मैंने उठ कर दरवाज़ा खोल दिया। लेकिन वह तुम नहीं थे। एक दूसरा आदमी था उसने मुझे यह दोनों पैकेट दिये और एक लिफ़ाफ़ा....जिस पर मेरा नाम लिखा हुआ था....और फिर उसने मुझे पूछने का मौक़ा ही नहीं दिया,

चुपचाप वापस चला गया।"

रूशी ने अपने बैग से वह लिफ़ाफ़ा भी निकाल कर इमरान की तरफ़ बढ़ा दिया।

इमरान ने लिफ़ाफ़े से ख़त निकाल कर खोलते हुए एक लम्बी साँस ली और ख़त पढ़ना शुरू किया। उसमें लिखा था–

"रूशी! तुम्हारे दोस्त के बाक़ी दोनों पैकेट भेज रहा हूँ, लेकिन तुम उन्हें खोल कर देखोगी नहीं। होटल के बाहर एक नीले रँग की कार मौजूद है। चुपचाप उसमें बैठ जाओ। वह तुम्हें तुम्हारे फ़्लैट तक पहुँचा देगी। तुम दोनों चाहे कहीं छुपो मेरी नज़रों से नहीं छिप सकते। मुझे तुम दोनों से कोई रंजिश नहीं है, वरना तुम अब तक ज़िन्दा न होते। तुम्हारा दोस्त मामूली मुजरिम है। नक़ली नोटों का धन्धा करता है और बस! उससे कहो कि चुपचाप इस शहर से चला जाये, वरना तुम तो मुझे काफ़ी दिनों से जानती हो। मैं और कुछ नहीं चाहता। यहाँ से इसी वक़्त चली जाओ।"

इमरान ने ख़त ख़त्म करके रूशी से कहा "और तुम नीली कार में बैठ गयीं।"

"क्या करती!.... मैंने सोचा कि जब उसने मेरे घर का पता लगा लिया तो मुझे किसी क़िस्म का नुकसान पहुँचाने में उसे क्या परेशानी हो सकती है।"

"ठीक है तुमने अक़्लमन्दी से काम लिया।"

"मगर....!" रूशी इमरान को घूरते हुए बोली। "क्या उसने तुम्हारे बारे में सच लिखा है?"

"बकवास करता है। अब मैं उससे अपनी बेइज़्ज़ती का

बदला लूँगा।"

"देखो तोते....मैंने तुम्हारे बारे में बहुत कुछ सोचा है और हाँ....तुमने यहाँ इतनी रोशनी किस ख़ुशी में कर रखी है।"

"मैं बहुत ज़्यादा रोशनी चाहता हूँ। मगर तुमने भी मेरे बारे में ग़लत ही सोचा होगा। अच्छा अब तुम मुझे यहाँ कभी नहीं देखोगी।"

"तो वाक़ई इस शहर से जा रहे हो।"

"मैं किसी के हुक्म का पाबन्द नहीं हूँ और फिर भला उस मसख़रे से डर कर भागूँगा?"

"ख़ुदा के लिए मुझे बताओ कि तुम कौन हो?"

"एक मामूली मुजरिम। क्या तुम्हें इस बात पर यक़ीन नहीं आया।"

"नहीं, मुझे इस बात पर यक़ीन नहीं आया। मामूली मुजरिम उसके मुक़ाबले में नहीं ठहर सकता....। यहाँ के अच्छे-अच्छे दिल-गुर्दे वाले उसके ख़याल से ही काँपते हैं। तुम मेरा पेशा जानते ही हो। हर क़िस्म के आदमियों से सामना होता है।"

"मैं एक शरीफ़ आदमी हूँ। मम्मी और डैडी बचपन ही से मुझे उसका यक़ीन दिलाते रहे हैं।" इमरान ने भर्रायी आवाज़ में कहा, "वैसे मैं कभी-कभी सचमुच बेवक़ूफ़ी कर बैठता हूँ। जैसे आज....!"

इमरान ने अपना टेलीफ़ोन बूथ वाला कारनामा दोहराया....और रूशी बेतहाशा हँसने लगी। उसने कहा, "तुम

झूठे हो। तुमने मेरी आवाज़ की नक़ल कैसे उतारी होगी।"

"इस तरह....इसमें मुश्किल ही क्या है।" इमरान ने हू-ब-हू रूशी की आवाज़ की नक़ल उतारी।

रूशी कुछ पल उसे हैरत से देखती रही फिर बोली। "मगर इस हरकत का मक़सद क्या था?"

"मज़ाक़....! और क्या कहूँ। मगर नतीजा देखो कि उसने ख़ुद ही पैकेट वापस कर दिये।"

"तुम्हारी अक़्ल घास चरने गयी है।" रूशी ने कहा "मुझे इसमें भी कोई चाल मालूम होती है।"

"हो सकता है....बहरहाल, मैं जानता हूँ कि उसके आदमी हर वक़्त हमारे पीछे लगे रहते हैं। वरना उसे तुम्हारा पता कैसे मालूम होता।"

"यही मैं भी सोच रही थी।"

"यह उसी वक़्त की बात है जब मैं आज शाम तुमसे मिला था! मेरे ही ज़रिये वह तुम तक पहुँचा होगा।"

"मगर इमरान....! वह आदमी....जो उन पैकेटों को लाया था....जानते हो वह कौन था....? मुझे हैरत है....वह वही कान कटा मछुआरा था जिसके बारे में तुम पूछ रहे थे।"

इमरान सँभल कर बैठ गया।

"क्या वह तुम्हें पहचानता है?" उसने पूछा।

"यक़ीन के साथ नहीं कह सकती। नहीं, मुझे पहले कभी उससे बातचीत भी करने का इत्तफ़ाक़ नहीं हुआ।"

इमरान के माथे पर लकीरें पड़ गयीं। वह कुछ सोच रहा

था। थोड़ी देर बाद उसने एक लम्बी अँगड़ाई ले कर कहा, "जाओ, अब सो जाओ। मुझे भी नींद आ रही है और अगर अब भी मुझे बोर करोगी तो इसी वक़्त यहाँ से चला जाऊँगा।"

रूशी चुपचाप उठी और अपने कमरे में चली गयी।

इमरान दरवाज़े और खिड़कियाँ बन्द करने के बाद थोड़ी देर तक च्यूँइग गम चबाता रहा फिर नोटों के पैकेट खोल दिये....उसे उम्मीद थी कि इन पैकेटों में कुछ-न-कुछ जरूर होगा क्योंकि रूशी को उसके ख़त में पैकेटों को न खोलने की हिदायत की गयी थी।

उसका ख़याल सही निकला। एक पैकेट में नोटों के बीच एक तह किया हुआ काग़ज़ का टुकड़ा दिखा। यह भी एक ख़त था जो इमरान के लिए था।

"दोस्त....बड़े जियाले मालूम होते हो। साथ ही शातिर भी। मगर नकली नोटों का धन्धा छिछोरापन है। अगर तरक्की की ख़्वाहिश हो तो कल रात को ग्यारह बजे उसी वीराने में मिलो जहाँ मैंने तुम पर हमला किया था। ए.बी.सी. होटल वाले शिकारी के बारे में ख़बर देने का शुक्रिया। उसने सिर्फ़ मछलियों के शिकार के लिए वहाँ ठहराव किया है। लेकिन मछलियों के शिकार के बारे में कुछ भी नहीं जानता। तो कल रात को तुम ज़रूर मिल रहे हो। मैं इन्तज़ार करूँगा।"

इमरान ने ख़त को टुकड़े-टुकड़े करके आग में डाल दिया उसके होंटों पर एक शैतानी मुस्कुराहट नाच रही थी....वह उठा और दबे पाँव रूशी के फ़्लैट से निकल गया।

◂◂ ● ▸▸

१३

दूसरी रात जब आसमान अँधेरा बिखेर रहा था, इमरान उसी वीराने में पहुँच गया जहाँ उसे बुलाया गया था। तीन या चार फ़रलाँग की दूरी पर ए.बी.सी. होटल की रोशन खिड़कियाँ दिखाई दे रही थीं।

इमरान उन्हीं टीलों के बीच में खड़ा था जहाँ उस पर कुछ दिनों पहले हमला किया गया था।

उसे ज़्यादा देर तक इन्तज़ार नहीं करना पड़ा।

"तुम आ गये।" उसे अपने पीछे से ज़ोर से आवाज़ सुनाई दी।

इमरान चौंक कर मुड़ा....थोड़ी ही दूरी पर उसे एक अँधेरा साया दिखाई दिया।

"हाँ, मैं आ गया।" इमरान ने उसी अन्दाज़ में कहा, "और मैं तुमसे ज़र्रा बराबर भी ख़फ़ा नहीं हूँ।"

"मुझे ऐसे ही आदमी की ज़रूरत थी।" साये ने जवाब दिया। "छह महीने के अन्दर-ही-अन्दर लखपति बना दूँगा।"

"मैं लखपति नहीं बनना चाहता! मैं सिर्फ़ इसलिए आया

हूँ कि...."

"ख़त्म करो। मैं कुछ नहीं सुनूँगा। जवानी का ख़ून गरम होता है....तुम अभी बच्चे हो। बुढ़ापे में पैसों की क़द्र मालूम होती है।"

"तुम कहना क्या चाहते हो?" इमरान ने पूछा।

"मेरे साथ चलो।"

"चलो....मगर कभी मुझे शादी करने पर मजबूर न करना। मैं इसके अलावा हर क़िस्म की ग़लती कर सकता हूँ।"

साया हँस पड़ा। फिर उसने कहा "आज रूशी दिन भर तुम्हें तलाश करती रही है।"

"वह मुझे सचमुच कोई बेवक़ूफ़ राजकुमार समझती है।"

"आओ! वक़्त कम है।" साये ने इमरान की तरफ़ हाथ फैलाते हुए कहा।

"क्या गोद में आऊँ?" इमरान ने कहा और एक तरफ़ हट गया, लेकिन दूसरे ही पल उसे ऐसा लगा जैसे उसकी खोपड़ी से अनगिनत तारे निकल कर फ़िज़ा में फैल गये हों। किसी ने पीछे से उसके सिर पर कोई ठोस और भारी चीज़ दे मारी थी। वह लड़खड़ाता हुआ अँधेरे में साये की तरफ़ बढ़ा, लेकिन उस तक पहुँचने से पहले ही ढेर हो गया।

१५

बेहोशी के बाद होश कैसे आता है? कम-से-कम यह किसी बेहोश होने वाले की समझ में आने की चीज़ नहीं है.... बहरहाल, इमरान को नहीं मालूम हो सका कि वह किस तरह होश में आया, लेकिन आँख खुलने पर उसे सब कुछ समझने में देर नहीं लगी।

वह एक चौड़े और सजे-सजाये कमरे में था, लेकिन अकेला नहीं....उसके अलावा कमरे में पाँच आदमी और भी थे। उनके जिस्मों पर काले रंग के लम्बे-लम्बे चेस्टर थे....और चेहरे काले नक़ाबों में छिपे हुए थे उनमें से एक आदमी किताब का पन्ना उलट-उलट कर पढ़ रहा था।

"हाँ भई! क्या देखा?" उनमें से एक ने उससे पूछा।

आवाज़ से इमरान ने उसे पहचान लिया। यह वही था जिसे कुछ देर पहले टीलों के बीच में उसने बात की थी।

"जी हाँ, आपका ख़याल सही है।" दूसरे आदमी ने किताब पर नज़र जमाते हुए कहा, "अली इमरान एम.एस.सी., डी.एस.सी. लन्दन....ऑफ़िसर ऑन स्पेशल ड्यूटी....सेंट्रल

इण्टेलिजेंस।"

क्यों दोस्त, क्या ख़याल है?" गुमनाम आदमी इमरान की तरफ़ मुड़ कर बोला।

"एम.एस-सी., डी.एस-सी., नहीं बल्कि एम.एस-सी., पी-एच.डी.!" इमरान ने संजीदगी से कहा

"शट अप!" गुमनाम आदमी ने गरज कर कहा।

"वाक़ई मैं बड़ा बेवक़ूफ़ आदमी हूँ! रूशी ठीक कहती थी।" इमरान इस तरह बड़बड़ाया जैसे ख़ुद से कह रहा हो।

"तुम हमारे बारे में क्या जानते हो?" गुमनाम आदमी ने पूछा।

"यही कि तुम सब पर्दे में रहने वाली औरतें हो और मुझे बेमतलब डरा रही हो।"

"तुम यहाँ से ज़िन्दा नहीं जा सकते।" गुमनाम आदमी की आवाज़ में ग़ुर्राहट थी।

"फ़िक्र न करो! मरने के बाद चला जाऊँगा।" इमरान ने लापरवाही से कहा।

गुमनाम आदमी की ख़ौफ़नाक आँखें कुछ पल नक़ाब से इमरान को घूरती रहीं फिर उसने कहा, "तुम्हें बताना ही पड़ेगा कि तुम्हारे कितने आदमी कहाँ-कहाँ काम कर रहे हैं?"

"क्या तुम लोग सचमुच सीरियस हो?" इमरान ने पूछा।

किसी ने कोई जवाब न दिया.... उस वक़्त उनकी ख़ामोशी भी बड़ी डरावनी लग रही थी।

इमरान फिर बोला। "तुम्हें यक़ीनन ग़लतफ़हमी हुई है।"

"बकवास.... बकवास बन्द करो!" गुमनाम आदमी चिल्लाया।

"तब फिर मैं ही ग़लत हो गया हूँ।" इमरान ने मायूसी से सिर हिला कर कहा, "कमाल है....मैं यानी....वाह क्या बात है। अब अपने लिए कहीं भी जगह नहीं है। यारो, यह ज़ुल्म है कि तुम लोग मुझे जासूसी डिपार्टमेंट से जोड़ रहे हो।"

"हमारे पास ज़्यादा वक़्त नहीं है।" गुमनाम आदमी ग़ुस्से में बोला। "तुम्हें सुबह तक की मोहलत दी जाती है अपने आदमियों के पते और निशान बता दो? वरना...."

"मेरा ख़याल है।" एक नक़ाबपोश ने उसकी बात काटते हुए कहा, "जलते लोहे वाली सज़ा कैसी रहेगी?"

"वक़्त नहीं है!" गुमनाम आदमी ग़ुर्राया। "सुबह देखेंगे!"

वे सब कमरे से निकल गये और दरवाज़े के बाहर ताला लगा दिया गया। इमरान ने एक लम्बी अँगड़ाई ली और सिर का वह हिस्सा टटोल कर देखा जहाँ चोट लगी थी और बुरे-बुरे-से मुँह बनाने लगा।

उसे उम्मीद नहीं थी कि उसके साथ इस तरह का बरताव किया जायेगा। वह तो यही समझे हुए था कि उसने मुजरिमों को अपने जाल में फाँस लिया।

उसने बेवजह उन लोगों को हुदहुद का पता नहीं बताया था। उसके ज़ेहन में एक स्कीम थी और वह उसमें कामयाब भी हो गया था। उसने उस आदमी का पीछा करके जिसने समन्दर

के किनारे हुदहुद के फोटो लिये थे कम-से-कम मुजरिमों के एक अड्डे का पता तो लगा ही लिया था और वहीं उसने उस आदमी को देखा भी था जिसका बायाँ कान आधा ग़ायब था।

इमरान थोड़ी देर तक आराम से कुर्सी पर पड़ा रहा। उसका ज़ेहन बड़ी तेज़ी से हालात का जायज़ा ले रहा था।

आधा घण्टा बीत गया। शायद पूरी इमारत पर सन्नाटा छाया हुआ था। कहीं से भी किसी क़िस्म की आवाज़ नहीं आ रही थी।

इमरान उठ कर खिड़कियों और दरवाज़ों का जायज़ा लेने लगा, लेकिन कुछ ही पलों में एक बात साफ़ हो गयी कि वह बाहर नहीं निकल सकता। ये सारे दरवाज़े ऐसे थे जिनमें बाहर से ताले लगाये जा सकते थे। उसके ज़ेहन में एक और बहुत ही अहम सवाल यह भी था कि इमारत इस वक़्त ख़ाली है या कुछ और लोग भी मौजूद हैं। इमारत में उसका अकेला रहना नामुमकिन था, लेकिन अगर उसके अलावा कुछ और लोग भी थे तो इमारत पर क़ब्रिस्तान की-सी ख़ामोशी क्यों थी?.... क्या वे सो रहे हैं? इमरान ने सोचा कि यह भी नामुमकिन है। उन्होंने अपनी जानकारी में एक ख़तरनाक दुश्मन को पकड़ लिया है, इसलिए उसकी तरफ़ से चिन्तामुक्त हो कर सो रहना नामुमकिन है।

इमरान अच्छी तरह जानता था कि सुबह उसे नाश्ते की मेज़ पर मेहमान की तरह नहीं बैठाया जायेगा। यहाँ ऐसी आव-भगत होगी कि शुक्रिया अदा करने का मौक़ा भी न मिल सकेगा।

वह उठ कर टहलने लगा....फिर अचानक उसने दरवाज़ा

पीट कर चीख़ना शुरू किया।

बाहर क़दमों की आहट हुई और किसी औरत ने सुरीली आवाज़ में डाँट कर कहा, "क्यों शोर मचा रहे हो?"

"मैं बाहर जाना चाहता हूँ।" इमरान ने बड़ी संजीदगी से जवाब दिया।

"बकवास बन्द करो।"

"शट अप।" इमरान बहुत जोर से गरजा। "मैं तुझ जैसी कुतिया की बच्ची से बात नहीं करना चाहता....किसी मर्द को भेज दे....।"

"कुत्ते के पिल्ले, तुम ख़ामोशी से बैठे रहो। वरना गोली मार दी जायेगी।"

इस बार इमरान ने उसे बड़ी गन्दी-गन्दी गालियाँ दीं। जवाब में वह भी बरस पड़ी और इमरान ने इससे अन्दाज़ा लगा लिया कि वह औरत इमारत में अकेली है, वरना उसकी मरम्मत के लिए किसी मर्द को ज़रूर बुलाती।

औरत थोड़ी देर तक उसे बुरा-भला कहती रही। फिर ख़ामोश हो गयी। इमरान उसके क़दमों की आवाज़ सुन रहा था। उसने अन्दाज़ा लगा लिया कि क़रीब ही किसी कमरे में गयी है।

इमरान सोच रहा था कि अगर ऐसे हालात में भी वह हाथ-पर-हाथ रखे बैठा रहा तो आने वाली नस्लें उसे सचमुच बेवक़ूफ़-ए-आज़म ही के नाम से याद करेंगी।

वह एक बार फिर कमरे का जायज़ा लेने लगा....

अचानक उसी नज़र रस्सी के एक लच्छे पर पड़ी। उसने झपट कर उसे उठा लिया....रस्सी की मोटाई आधा इंच से ज़्यादा नहीं थी और ऐसा मालूम होता था जैसे वह पानी में भिगो कर सुखायी गयी हो। इमरान कुछ पल उसे देखता रहा....और फिर उसके होंटों पर एक शैतानी मुस्कुराहट नाचने लगी।

◀◀ ● ▶▶

१५

इमरान के मुँह से गालियाँ सुन कर औरत का मूड बहुत ज़्यादा ख़राब हो गया था। वह काफ़ी खूबसूरत थी और उसकी उम्र भी बीस-बाईस से ज़्यादा न रही होगी। हो सकता है कि उसके साथी उसकी निगेहबानी भी करते रहे हों। बहरहाल, वह ऐसी नहीं मालूम होती थी कि किसी की गन्दी बात बर्दाश्त कर सकती?

लेकिन यह हक़ीक़त थी कि वह उस वक़्त उस इमारत में अकेली थी। इमरान को क़ैद करने वालों को शायद यक़ीन था कि वह यहाँ से निकल न सकेग, वरना वे ऐसी ग़लती न करते। वह औरत ग़ुस्से में हाँफती हुई पलँग पर गिरी। उसे शायद अपने साथियों पर भी ग़ुस्सा आ रहा था।

वह सो जाना चाहती थी। मगर नींद का कोसों पता नहीं था। बीस मिनट बीत गये। वह करवटें बदलती रही।

अचानक उसने एक चीख़ सुनी, जो क़ैदी के कमरे से आयी थी और फिर कुछ इस क़िस्म की आवाज़ें आने लगीं, जैसे कोई किसी का गला घोंट रहा हो।

वह बेतहाशा उछल कर खड़ी हो गयी और क़ैदी के कमरे

की तरफ़ लपकी। लेकिन तब तक सन्नाटा हो चुका था।

"क्या है? क्यों शोर मचा रखा है?" उसने कमरे के सामने पहुँच कर कहा

लेकिन अन्दर से कोई जवाब न मिला।

दूसरे ही पल उसकी एक आँख दरवाज़े की झिरी से जा लगी। लेकिन फिर वह इस तरह झटके के साथ पीछे हट गयी जैसे करेण्ट लग गया हो। कमरे के अन्दर उसने जो कुछ भी देखा, वह उसके रोंगटे खड़े कर देने के लिए काफ़ी था। छत से एक लाश लटक रही थी। उसके पैर ज़मीन से तक़रीबन तीन फ़ुट ऊँचाई पर झूल रहे थे और गर्दन में रस्सी का फन्दा....चेहरा दूसरी तरफ़ था। साफ़ ज़ाहिर होता था कि क़ैदी ने एक कुर्सी पर खड़े हो कर फन्दा अपनी गर्दन में डाला और फिर लात मार कर कुर्सी एक तरफ़ गिरा दी। काला चेस्टर और काली पतलून में वह लाश बड़ी डरावनी मालूम हो रही थी।

वह एक बार फिर झिरी से अन्दर झाँकने लगी....उसे अपनी आँखों पर यक़ीन नहीं आ रहा था, क्योंकि उसने क़ैदी की दिलेरी के बारे में अपने साथियों से बहुत कहानियाँ सुना रखी थी।

ख़्वाब-ओ-ख़याल में भी उसे उम्मीद नहीं थी कि ऐसा बहादुर आदमी इस तरह ख़ुदकुशी कर लेगा....हालाँकि वह कुछ देर पहले उसकी बेइज़्ज़ती कर चुका था, लेकिन फिर भी वह उसके अंजाम पर अफ़सोस किये बग़ैर न रह सकी।

वह कुछ पल खड़ी कुछ सोचती रही, फिर दरवाज़ा खोल कर कमरे में चली गयी....लाश की पीठ दरवाज़े की तरफ़ थी

औरत आगे बढ़ी ताकि उसका चेहरा देख सके।

लेकिन इससे पहले कि वह उसके क़रीब पहुँचती, लाश रस्सी के फन्दे से निकल कर धम्म से ज़मीन पर आ गिरी। औरत घबरा कर पीछे हट गयी। लेकिन इमरान ने उसे बाहर निकलने का मौक़ा नहीं दिया। दूसरे पल उसकी सुराहीदार गर्दन इमरान की पकड़ में थी।

"वे यहाँ कब वापस आयेंगे?" इमरान ने पकड़ मजबूत करते हुए पूछा।

औरत थूक निगल कर रह गयी। उसकी आँखें हैरत और ख़ौफ़ से फटी हुई थीं और वह बुरी तरह काँप रही थी।

"बताओ, वरना गला घोंट दूँगा?" इमरान के चेहरे पर शैतानी नज़र आने लगी।

"साढ़े....साढ़े तीन बजे।"

"झूठ बक रही हो? ख़ुदा से डरो, वरना ज़बान सड़ जायेगी?" इमरान ने बेवक़ूफ़ जैसे अन्दाज़ में कहा और उसकी गर्दन छोड़ दी।

औरत उसी जगह खड़ी हाँफती रही।

"तुमने कुछ देर पहले मुझे बुरा-भला कहा था। अब कहो तो तुम्हारे कान और नाक काट लूँ।"

औरत कुछ न बोली....इमरान बकता रहा, "तुम सूरत से शरीफ़ लगती हो, वरना मैं अभी तुम्हारा गला घोंट कर मार डालता। क्या तुम उनमें से किसी की बीवी हो।"

औरत ने 'नहीं' में सिर हिलाया और इमरान गरजदार

आवाज़ में बोला। "फिर तुम क्या बला हो? ज़बान से बोलो, वरना इस रस्सी में तुम्हारी लाश लटकती नज़र आयेगी।"

"मैं उनके किसी जुर्म में शरीक नहीं हूँ।" औरत ने भर्रायी हुई आवाज़ में कहा।

"तुम आख़िर हो कौन?"

"मैं जो कुछ भी हूँ, यही हूँ और ज़िन्दगी से तंग आ गयी हूँ। उन्होंने मुझे कहीं का नहीं रखा। लेकिन मैं अब हर हाल में उनके पंजे से निकलना चाहती हूँ।"

"शाबाश....! अच्छा, मैं तुम्हें बचा लूँगा.... लेकिन जो कुछ मैं कहूँगा, उसे मानोगी?"

"मैं तैयार हूँ।"

"बाहर निकलने का दरवाज़ा तो ताले से बन्द होगा? इमरान ने पूछा।

"नहीं....ताला नहीं लगा है।"

तो फिर उनके आने पर दरवाज़ा कौन खोलेगा? क्या तुम जागती रहोगी?"

"नहीं वे ख़ुद खोल लेंगे और उसकी तरकीब उनके अलावा और किसी को नहीं मालूम।"

"क्या इमारत हर्शफ़ील्ड फ़िशरीज़ वालों की है?" इमरान ने पूछा और औरत ने 'हाँ' में सिर हिलाया।

"यह इमारत जेम्स स्ट्रीट में है न।" इमरान ने पूछा और उसका भी जवाब 'हाँ' ही में मिला और इमरान को इत्मीनान

हो गया कि यह वही इमारत है, जिसका सुराग़ उसे फ़ोटोग्राफ़र का पीछा करने पर मिला था।

वह कुछ पल कुछ सोचता रहा फिर बोला। "तुम मुझे धोखा नहीं दे सकतीं। अपने कमरे में जाओ।"

वह चुपचाप वहाँ से निकल कर अपने कमरे में चली गयी। इमरान उसके पीछे था। जैसे ही वह कमरे में दाख़िल हुई, इमरान ने दरवाज़ा बाहर से बन्द कर दिया।

"चुपचाप पड़ी रहना, वरना गर्दन साफ़। मुझे औरतों पर रहम नहीं आता।" इमरान ग़ुर्रा कर बोला।

अन्दर से कोई जवाब नहीं मिला। इमरान आगे बढ़ा।

वह बड़ी तेज़ी से इमारत का जायज़ा लेता फिर रहा था....बाहर के सारे दरवाज़े आजमाये, लेकिन उन्हें खोलने में कामयाब न हो सका....एक कमरे में उसे हथियारों का ज़ख़ीरा दिखा। दरवाज़े में ताला नहीं लगा था। शायद यहाँ से जाते वक़्त उन्होंने कुछ हथियार ले लिये थे और कमरे में ताला लगाना भूल गये थे....इमरान ने एक टॉमी गन उठा कर उसे लोड किया और कमरे से बाहर निकल आया। टॉमी गन उसके हाथ में थी।

लेकिन अगर कोई दूसरा उसे इस हाल में देखता तो बिलकुल बेवक़ूफ़ समझता। होना यह चाहिए था कि इमरान फ़ोन पर पुलिस से सम्पर्क करके इमारत को घिरवा लेता। यहाँ फ़ोन मौजूद था। इमरान चाहता तो उसे इस्तेमाल कर सकता था, मगर उसने ऐसा नहीं किया.... वह किसी शिकारी कुत्ते की तरह इमारत का कोना-कोना सूँघता फिर रहा था। उसे

मुजरिमों की वापसी की भी परवाह नहीं थी....वह उनके जरायम को काफ़ी हद तक जान चुका था और ए.बी.सी. होटल के क़रीब वाले वीराने पर उस भयानक आदमी की हुक्मरानी का मक़सद भी उसके ज़ेहन में आ गया।

थोड़ी देर बाद वह फिर उसी कमरे के सामने पहुँच गया। जहाँ उसे क़ैद किया गया था। उसने औरत के कमरे की तरफ़ नज़र डाली जिसका दरवाज़ा वैसे ही बन्द था....अन्दर रोशनी ज़रूर थी। लेकिन किसी क़िस्म की आवाज़ नहीं सुनाई देती थी।

फिर इमरान ने उस बत्तख़ की तरफ़ देखा जो उसके बायें हाथ में लटक रही थी। यह उसे इसी इमारत के एक दड़बे में मिली थी। वह कमरे में दाख़िल हो गया। टॉमी गन मेज़ पर रख दी। रस्सी अभी तक छत में लगे हुए कड़े से लटक रही थी।

कुछ देर बाद इमरान बत्तख़ को ज़िबह कर रहा था। कुछ ख़ून ज़मीन पर फैल गया और कुछ उसने बड़ी एहतियात से एक गिलास में इकट्ठा किया।

◀◀ ● ▶▶

१६

ठीक तीन बजे इमारत का मेनगेट खुला और दस आदमी अन्दर आये। उनमें से सिर्फ़ एक का चेहरा नक़ाब में छुपा हुआ था और बाकी नौ आदमी बेनक़ाब थे। उनके चेहरों से इत्मीनान झलक रहा था।

लेकिन क़ैदी के कमरे के सामने रोशनी देख कर उनके चेहरों से इत्मीनान ग़ायब हो गया। खुले हुए दरवाज़े से रोशनी बाहर बरामदे में रेंग रही थी।

उनका नक़ाबपोश सरग़ना भागता हुआ कमरे में जा घुसा और फिर उसकी आँखें हैरत से फैल गयीं। कमरा ख़ाली था। छत से ख़ून से रँगी एक रस्सी लटकी हुई थी और ज़मीन पर भी ख़ून नज़र आ रहा था....फिर ख़ून के छोटे-छोटे धब्बे उस जगह से दरवाज़े तक चले गये थे....वह दरवाज़े की तरफ़ झपटा....उसके बाकी नौ साथी चुपचाप ख़ून के धब्बे देखते हुए आगे बढ़ते गये।

अब धब्बों का रुख़ हथियारों वाले कमरे की तरफ़ हो गया था। उनमें से एक ने जेब से टॉर्च निकाली, क्योंकि यहाँ

अँधेरा था। उन्हें हथियारों वाले कमरे का दरवाज़ा भी खुला हुआ मिला। ख़ून के धब्बों की लाइन दरवाज़े में मुड़ कर असलेहाख़ाने में चली गयी थी। वो सब बेतहाशा अन्दर चले गये....और किसी के मुँह से निकला।

"अरे बत्तख....यह क्या?"

फिर वे मुड़ने भी न पाये थे कि दरवाज़ा बाहर से बन्द हो गया। अँधेरे में इमरान का क़हक़हा गूँज रहा था।

लेकिन इमरान को इसकी ख़बर नहीं थी कि यही अँधेरा जिससे उसने फ़ायदा उठाया है, ख़ुद उसी के लिए ख़तरनाक साबित हो सकता है। वह नहीं जानता था कि उनका सरग़ना बाहर ही रह गया है।

उसने ललकार कर कहा, "क्यों दोस्तो.... अब क्या ख़याल है....?"

वो सब अन्दर से दरवाज़े पीटने और शोर मचाने लगे।

इमरान ने फिर ठहाका लगाया। लेकिन यह ठहाका अचानक इस तरह रुक गया जैसे किसी साइकिल के पहियों में पूरे ब्रेक लग गये हों।

किसी ने पीछे से उस पर हमला कर दिया था। टॉमी गन उसके हाथ से निकल कर अँधेरे में कहीं दूर जा गिरी।

हमला करने वाला उनका सरग़ना था। जब वे ख़ून के धब्बों को देखते हुए आगे बढ़ रहे थे तो वह क़ैदी वाले कमरे के सामने ही रुक कर कुछ सोचने लगा था। वे सब असलहाख़ाने

तक पहुँच गये और वह वहीं खड़ा मायूसी से चारों तरफ़ देखता रहा

और अब....तक़दीर इमरान पर ठहाके लगा रही थी। हमला बड़ा ज़ोरदार था। इमरान को बिलकुल यही लगा जैसे सैकड़ों मन वज़नी कोई चट्टान उस पर आ गिरी हो।

ख़ुद उसका ज़िस्म भी काफ़ी जानदार था, लेकिन इस हमले ने उसके दाँत खट्टे कर दिये। नकाबपोश उससे लिपटा पड़ा था।

इमरान ने उसकी पकड़ से निकलना चाहा, लेकिन कामयाब न हो सका।

उसने उसे कुछ इस तरह जकड़ रखा था कि इमरान का दम घुटने लगा था। असलहाख़ाने के अन्दर अभी तक शोर जारी था।

"ख़ामोश रहो....!" उनके सरग़ना ने उन्हें डाँटा और सब ख़ामोश हो गये। दूसरी तरफ़ उसने इमरान को ज़मीन से उखाड़ दिया था और एक के बाद एक उसे ऊपर उठाता चला जा रहा था। इमरान ने उसकी टाँगों में अपनी टाँगें फँसाना चाहीं, लेकिन कामयाब न हुआ....वह उसे ऊपर उठाता चला जा रहा था।

यह हक़ीक़त थी कि इस वक़्त इमरान के होश-हवास जवाब दे गये थे और हमलावर पर जुनून तारी हो गया था उसे भी शायद इस बात का होश नहीं रह गया था कि अब उसकी गर्दन आसानी से इमरान की पकड़ में आ सकती है। वह तो इस चक्कर में था कि इमरान को उठा कर किसी दीवार पर दे

मारे और उसकी हड्डियाँ सुर्मा हो जायें।

इस क़िस्म के ख़तरनाक मुजरिम अगर किसी ख़ास मौक़े पर इस तरह अपनी अक़्ल न गँवा बैठें तो क़ानून बेचारा अजायबघरों की अलमारियों की ज़ीनत बन कर रह जाये।

अचानक इमरान के हाथ उसकी गर्दन से टकराये और डूबते हुए तिनके का सहारा मिल गया।

उसने बुरी तरह उसकी गर्दन दबोच ली और फिर दोनों एक साथ ज़मीन पर आ गिरे।

इमरान के हाथों से उसकी गर्दन निकल चुकी थी, लेकिन उसने गिरते-गिरते अपनी कुहनी उसी नाक पर जमा दी और बायें हाथ से एक ज़ोर का घूँसा उसके माथे पर मारा कि नक़ाबपोश के मुँह से एक भयानक चीख़ निकल गयी।

इमरान इस मौक़े को हाथ नहीं जाने देना चाहता था। वह उस पर लद गया और उसके दोनों हाथ पकड़ लिये नक़ाबपोश चित गिर गया था और इमरान उसके सीने पर सवार था....साथ ही वह अपना सारा ज़ोर उसके हाथ को ज़मीन से लगाये रखने पर ज़ोर दे रहा था और वह उसमें किसी हद तक कामयाब भी हो गया था, मगर यह पोज़ीशन भी ख़तरे से ख़ाली नहीं थी। इमरान उसकी ताक़त का अन्दाज़ा तो कर ही चुका था, इसलिए अच्छी तरह समझता था कि अगर उसे ज़रा-सा भी मौक़ा मिल गया तो वह उसे गेंद की तरह उछाल देगा।

उसने बौखलाहट में अपना सिर नक़ाबपोश के चेहरे पर दे मारा....चोट नाक पर पड़ी और नक़ाबपोश बिलबिला

उठा....फिर तो इमरान के सिर ने रुकने का नाम ही न लिया....नक़ाबपोश की चीख़ें बहुत डरावनी थीं। उसके साथियों ने फिर शोर मचाना शुरू कर दिया।

लेकिन ख़ुद उसकी आवाज़ धीरे-धीरे दबती हुई हल्की-हल्की सिसकियों में बदलती गयी।

◀◀ ● ▶▶

१७

दूसरी दोपहर को शाम के अख़बारों की एक कापी भी किसी हॉकर के पास नहीं बची!

एक अख़बार रूशी के सामने भी था, और उसकी आँखें हैरत से खुली की खुली रह गयी थीं। अली इमरान....इमरान.... वह सोच रही थी....वही बेवक़ूफ़....वही दिलेर....डिपार्टमेंट ऑफ़ इनवेस्टिगेशन का अफ़सर....सिर्फ़ क़यास....उसने एक बहुत बड़े मुजरिम को उसके साथियों समेत अकेले गिरफ़्तार किया था। मुजरिम भी कैसा? जिसने महीनों लोकल पुलिस को नाकों चने चबवाये थे। जिसका ख़ुद का टेलीफ़ोन एक्सचेंज था। शहर में जिसकी कई कोठियाँ थीं। एक बहुत बड़ा स्मगलर था। जिसके कई गोदामों में पुलिस ने क़ीमती नाजायज़ माल बरामद किया था। जो देखने में एक मछुआरा था और हर्शफ़ील्ड फ़िशरीज़ के एक स्टीमर पर नौकर था, यानी यह स्टीमर ख़ुद उसी का था, लेकिन स्टीमर का कप्तान उसे अपना मातहत समझता था.... हर्शफ़ील्ड फ़िशरीज़ की फ़र्म का मालिक वही था, लेकिन फ़र्म का मैनेजर उसके वजूद के बारे में जानता तक नहीं था। ज़ाहिर है कि एक मामूली-से मल्लाह को मैनेजर क्या जानता! वह

उस वक़्त उन सबका मालिक होता था जब उसके चेहरे पर काला नक़ाब होता था। उस वक़्त हर्शफ़ील्ड फ़िशरीज़ के तीनों स्टीमर मछलियों का शिकार करने की बजाय स्मगलिंग का ज़रिया बन जाते थे। वह समन्दर के किनारे से पचास-साठ मील के फ़ासले से गुज़रने वाले विदेशी जहाज़ों से उतरा हुआ नाजायज़ माल पार करते और फिर किनारे की तरफ़ लौट जाते। समुद्री पुलिस को कानों-कान ख़बर न होती, क्योंकि माल निचले हिस्सों में होता था और ऊपरी हिस्सों पर मछलियों के ढेर दिखाई देते।

यह अख़बार की रिपोर्ट थी, लेकिन हक़ीक़त तो यह थी कि समुद्री पुलिस की टीम हर्शफ़ील्ड फ़िशरीज़ वालों को बहुत नेक समझती थी, इसलिए उनकी कड़ी निगरानी का सवाल ही नहीं पैदा होता था।

ख़बर में यह भी था कि ए.बी.सी. होटल के सामने वाले वीराने पर उस भयानक आदमी की हुकूमत क्यों थी?

इसकी हक़ीक़त यह थी कि स्मगल किया हुआ माल उसी रास्ते से ख़ुफ़िया गोदामों तक पहुँचाया जाता था। इसलिए रास्ता साफ़ रखने के लिए उस भयानक आदमी ने (जिसके बायाँ कान आधा कटा हुआ था) वहाँ क़त्ल और ख़ून का बाज़ार गरम कर दिया था, जिसका नतीजा यह हुआ कि पुलिस वालों को वहाँ ख़तरे का बोर्ड लगाना पड़ा।

ख़बर में यह बात भी साफ़ कर दी गयी थी कि ए.बी.सी. होटल वालों का इस गिरोह से कोई ताल्लुक़ नहीं था।

रूशी बड़ी देर तक अख़बार पर नज़र जमाये रही, फिर अचानक किसी आहट पर चौंक कर दरवाज़े की तरफ़

मुड़ी....इमरान सामने खड़ा मुस्कुरा था।

रूशी बौखला कर खड़ी हो गयी। उसके चेहरे पर हवाइयाँ उड़ रही थीं और आँखें झुकी हुई थीं।

"पचास भैंसों का सौदा हो गया है!" इमरान ने कहा

रूशी कुछ न बोली। उसकी आँखों से दो बूँदें टपक कर स्कर्ट पर गिरीं....अख़बार पढ़ने से पहले वह एक बेवक़ूफ़ औरत की तरह इमरान के बारे में बहुत कुछ सोचती रही थी। और उसने उन दो दिनों में इमरान को तलाश करने के सिलसिले में शहर का कोना-कोना छान मारा था।

"तुम रो रही हो....! कमाल है भई।" इमरान उसकी तरफ़ बढ़ता हुआ बोला।

"जाइए! जाइए!" रूशी हाथ बढ़ा कर बोली। "अब मैं और बेवक़ूफ़ बनना नहीं चाहती।"

"रूशी, ईमानदारी से कहना।" इमरान अचानक सीरियस हो गया। "क्या मैं तुमसे ज़बर्दस्ती मिला था?"

"लेकिन अब आप यहाँ क्यों आये हैं?"

"तुम्हारा शुक्रिया अदा करने और साथ ही एक बात और भी है। तुमने एक बार कहा था कि तुम अपनी मौजूदा ज़िन्दगी से बोर हो गयी हो, इसलिए मैं एक राय देने आया हूँ।"

"राय....! मैं जानती हूँ।" रूशी सूखी आवाज़ में बोली। "आप यही कहेंगे कि अब इज़्ज़त के साथ ज़िन्दगी गुज़ारो। लेकिन मैं इस राय का एहसान अपने सिर पर नहीं लेना चाहती। ज़लील आदमी भी अक्सर यह ज़रूर सोचता है कि उसे इज़्ज़त के साथ

ज़िन्दगी गुज़ारना चाहिए।"

"मैं तुम्हें अपने साथ ले जाना चाहता हूँ।" इमरान ने कहा, "मेरे सेक्शन को एक औरत की भी ज़रूरत है। तनख़्वाह अच्छी मिलेगी।"

रूशी के चेहरे पर लाली दौड़ गयी....वह कुछ पल इमरान के चेहरे पर नज़र जमाये रही फिर बोली।

"मैं तैयार हूँ।"

"हा-हा-हा!" इमरान ने बेवक़ूफ़ों जैसा ठहाका लगाया। "अब मैं अपने साथ एक हज़ार भैंसें ले कर जा रहा हूँ।"

रूशी के होंटों पर फीकी-सी मुस्कुराहट फैल गयी।

"तुम सचमुच बहुत उदास नज़र आ रही हो।" इमरान ने कहा

"नहीं....तो....नहीं!" वह ज़बर्दस्ती हँस पड़ी।

कुछ देर तक ख़ामोश रही फिर रूशी ने कहा, "एक बात है।"

"एक नहीं दस बातें....कुछ कहो भी तो...."

"मैं तुम्हारी इज़्ज़त करूँगी! तुम्हें बॉस नहीं समझूँगी।"

"तोता कहोगी मुझे....है न!" इमरान आँखें झटका कर बोला।

रूशी हँसने लगी। मगर इस हँसी में शर्मिन्दगी की झलक भी थी।

"आख़िर तुमने जासूसी का कौन-सा तरीक़ा अपनाया था।

यह बात अब तक मेरी समझ में न आ सकी।"

"यह जासूसी नहीं थी....जूशी....अरे....रूशी! उसे आम ज़बान में बण्डलबाज़ी कहते हैं और मैं इसी तरह अपना काम निकालता हूँ। जासूसी का फ़न जिसे कहते हैं, वह बहुत ऊँची चीज़ है। लेकिन यह केस ऐसा था जिसमें फ़न-ए-जासूसी झक मारती रह जाती और हक़ीक़त यह है कि मैं इस केस में बुरी तरह उल्लू बना हूँ।"

"क्यों ?"

"मैं समझ रहा था कि मैं उन्हें उल्लू बना रहा हूँ। लेकिन जब मैं उनके फन्दे में फँस गया तो मुझे लगा कि मैं उल्लुओं का सरदार हूँ। ठहरो, मैं ख़ुद ही बताये देता हूँ। मैं दरअसल उन पर यह ज़ाहिर करना चाहता था कि मैं भी उन्हीं की तरह एक बदमाश हूँ और नक़ली नोटों का कारोबार मेरा पेशा है। मुझे उम्मीद थी कि मैं इस तरह उनमें घुल-मिल सकूँगा। मेरी उम्मीद पूरी हो गयी। उनके सरग़ना ने मुझे उसी वीराने में बुलाया जहाँ पहली बार मुझ पर हमला हुआ था।"

"लेकिन यह तो बताओ कि यह तरीक़ा अपनाने की ज़रूरत ही क्या थी? जब कि तुम उनके सरग़ना को पहले ही से जानते थे। तुमने मुझसे कान कटे आदमी के बारे में पूछताछ की थी या नहीं।"

"की थी। लेकिन उस वक़्त नहीं जानता था कि सरग़ना वही है और फिर सिर्फ़ जानने से क्या होता है। उसके ख़िलाफ़ सबूत मिले बग़ैर मैं उस पर हाथ नहीं डाल सकता था और सबूत पाने के लिए इससे बेहतर और कोई तरीक़ा नहीं हो सकता

था जो मैं अपनाना चाहता था। हाँ तो जब वहाँ पहुँचा तो उन्होंने अँधेरे में मेरा पार्सल बैरंग कर दिया। सिर की वह चोट अभी तक दुख रही है। फिर वह मुझे अपने ठिकाने पर ले गये....और वहाँ मुझे मालूम हुआ कि वह मेरे बारे में अच्छी तरीक़े से जानता है।"

फिर इमरान ने अपनी ख़ुदकुशी की कहानी दोहराते हुए कहा, "मैंने रस्सी कमर में बाँधी थी और उसे चेस्टर के अन्दर से इस तरह गर्दन के सीध में ले गया था कि दूर से फन्दा गर्दन ही में मालूम हो....हा....हा....फिर वह फँस ही गयी।"

"हाँ....! बस सिर्फ़ औरतों को बेवक़ूफ़ बनाना जानते हो?" रूशी मुँह बना कर बोली।

"मैं ख़ुद ही बेवक़ूफ़ हूँ रूशी। यक़ीन करो....यह तो अक्सर एक ख़ास क़िस्म का मूड मुझ पर सवार होता है जब मैं दूसरों को बेवक़ूफ़ नहीं नज़र आता।"

फिर उसने बत्तख के ख़ून वाला चुटकुला दोहराया और रूशी बेतहाशा हँसने लगी।

"लेकिन...." इमरान बुरा-सा मुँह बना कर बोला। "यहाँ भी मैं उल्लू बन गया था। उसके सारे साथियों को तो मैंने बन्द कर दिया था। लेकिन वह ख़ुद बाहर ही रह गया था....और फिर हक़ीक़त तो यह है रूशी कि मैं इमरान हूँ या नहीं....साबित नहीं कर सकता।

"क्या मतलब?"

मैं इमरान का भूत हूँ और अगर मैं भूत नहीं हूँ तो इस

पर यक़ीन आने में काफ़ी वक़्त लगेगा कि वाक़ई जिन्दा हूँ। ओफ़्फ़ोह....! कमबख़्त पता नहीं कितने हॉर्सपावर का है। हॉर्स नहीं, बल्कि एलीफ़ैन्ट पावर कहना चाहिए। मुझे तो बिलकुल उम्मीद नहीं थी कि उसके हाथों ज़िन्दा बचूँगा। यह कहो कि उसका वार उलटा पड़ गया, वरना वह मुझे फ़ुटबॉल की तरह उछाल देता।"

इमरान ख़ामोश हो कर च्यूइंगम चबाने लगा।

"अब मुझे यक़ीन आ गया कि तुम वाक़ई बेवक़ूफ़ हो।"

"हूँ....ना....हाँ....हा....हा....हा...हा..!" इमरान ने ठहाका लगाया।

"बिलकुल! दुनिया का कोई अक़्लमन्द आदमी अकेला उनसे निपटने की कोशिश न करता। तुम्हारे पास बहुत वक़्त था। कमरे से निकलने के बाद तुम पुलिस की मदद हासिल कर सकते थे।"

"हाँ....है तो यही बात! लेकिन इस सूरत में हमें उनकी परछाइयाँ भी नसीब न होतीं। वह कोई मामूली गिरोह नहीं था। रूशी....तुम ख़ुद सोचो....पुलिस की भीड़-भाड़ ख़ुदा की पनाह....सारा खेल चौपट हो जाता। उफ़! ओह....ख़ैर....लेकिन मैं इतना ज़रूर कहूँगा कि इस सिलसिले में डैडी मुझसे ज़रूर जवाब तलब करेंगे और फिर शायद मुझे इस्तीफ़ा देना पड़े।"

"तो फिर मुझे क्यों साथ ले जा रहे हो?" रूशी ने कहा

"परवाह न करो। जासूसी नॉवेल छापने का धन्धा कर लेंगे। तुम उन्हें ठेले पर सजा कर फेरी लगाया करना और....अगर

नॉवेल नहीं बिके तो उनको कबाड़ी वाले के हाथ बेच दिया जायेगा और फिर कबाड़ी का भी कारोबार शुरू कर लूँगा। उसमें भी आजकल बहुत कमाई है।

समाप्त

इमरान सीरीज़ के अन्य उपन्यास

ख़ौफ़नाक इमारत (1)

इमरान सीरीज़ की शुरुआत 'ख़ौफ़नाक इमारत' नामक उपन्यास से हो रही है जो इस सीरीज़ का पहला उपन्यास था, जिसमें हम पहली बार इमरान के रू-ब-रू होते हैं। 'ख़ौफ़नाक इमारत' की कहानी संक्षेप में उन लोगों से ताल्लुक रखती है जो पैसे की लालच में अपने ही देश से ग़द्दारी पर उतर आते हैं। कुछ गोपनीय सरकारी दस्तावेज़ विदेश विभाग के ख़ुफिया अधिकारी ले कर जा रहे होते हैं कि उन पर हमला होता है। एक अधिकारी मारा जाता है और आधे दस्तावेज़ दुश्मनों के हाथ लगते हैं। अयाज़ नाम का जो अधिकारी बच जाता है, वह बदले की आग में जल रहा है, लेकिन जब तक वह दुश्मन का पता न लगा ले, वह अपने विभागीय अफ़सरों के सामने नहीं आना चाहता, क्योंकि उसे डर है कि उसके अधिकारी उसे भी सन्दिग्ध मान लेंगे।

दुश्मनों को धोखे से लुभाने के लिए यह अधिकारी क्या-क्या पापड़ बेलता है और कैसी-कैसी हिकमतें अपनाता है। इसका बड़ा ही दिलचस्प क़िस्सा इब्ने सफ़ी ने बयान किया है। फिर इमरान किस तरह इस रहस्य का पता लगा लेता है और कैसे मुजरिमों को गिरफ़्तार कराता है, इसका ब्योरा दे कर हम आपका मज़ा ख़राब नहीं करना चाहते, उपन्यास आपके सामने हैं और हम चाहेंगे कि आप ख़ुद इस सफ़र पर उपन्यास के पन्नों

इमरान सीरीज़ के अन्य उपन्यास

से होते हुए रवाना हों। अलबत्ता, हम यह ज़रूर चाहेंगे कि आपका यह सफ़र इमरान की दूसरी दिलचस्प कारगुज़ारियों के साथ बराबर जारी रहे।

चट्टानों मे आग (2)

'चट्टानों में आग' का किस्सा एक ऐसे मिलिट्री अफ़सर के इर्द-गिर्द घूमता है जो दूसरे विश्व युद्ध के दौरान नशीले पदार्थों की तस्करी करने वाले गिरोह का पता जान जाता है। ज़ाहिर है ऐसे गिरोहों के दो ही उसूल होते हैं–या तो ऐसे आदमी को अपने गिरोह में शामिल कर लो या तो फिर उसे दूसरी दुनिया की तरफ़ रवाना कर दो। चूँकि कर्नल ज़रग़ाम उस गिरोह में शामिल नहीं होता है, इसलिए बरसों बाद उसे धमकियाँ मिलनी शुरू हो जाती हैं। वह जानता है कि जो धमकियाँ दे रहे हैं, वे किसी भी नीचता पर उतर सकते हैं। ऐसी हालत में वह परेशान हो कर कैप्टन फ़ैयाज़ को मदद के लिए लिखता है और फ़ैयाज़ इमरान को कर्नल ज़रग़ाम की मदद के लिए भेज देता है। कर्नल ज़रग़ाम के साथ उसकी बेटी सोफ़िया और दो भतीजे आरिफ़ और अनवर भी हैं जो इमरान को देख कर यह समझ नहीं पाते कि वह कैसे उनकी मदद करेगा क्योंकि उसकी हरकतें हस्बमामूल बेवक़ूफ़ाना हैं। लेकिन आख़िर में असली मुजरिम इन्हीं बेवक़ूफ़ाना हरकतों के जाल में फँस जाते हैं और नशीली दवाइयाँ बेचने वाले एक गिरोह का पर्दाफ़ाश होता है।

प्रति उपन्यास मूल्य : रु० 60.00

इमरान सीरीज़ के अन्य उपन्यास

बहुरूपिया नवाब (3)

'बहुरूपिया नवाब' इस सीरीज़ का तीसरा उपन्यास है जो हम पाठकों के सामने पेश कर रहे हैं। कहानी दौलत और जायदाद की हवस की पुरानी थीम पर बुनी गयी है, लेकिन प्लॉट बिला शक इब्ने सफ़ी के माहिर हाथों से गढ़ा गया है। एक पुराने नवाबी ख़ानदान की शहज़ादी दुर्दाना अपने सौतेले ताऊ की कैसी अजीबो-ग़रीब चालों का शिकार होती है और जब वह ताऊ उसका बाप बन कर आता है तो उसके हाथों लगातार धोखा खाती है, इसकी दास्तान 'बहुरूपिया नवाब' में इब्ने सफ़ी ने बयान की है।

जहन्नुम की अप्सरा (5)

मोरीना सलानियो जो अपनी डॉसिंग पार्टी के साथ हिन्दुस्तान के दौरे पर आयी है, दरअसल इटैलियन नहीं, बल्कि जर्मन नर्तकी है और उसका काम एक ऐसी विचारधारा का प्रचार करना है जो नसली भेद-भाव और ज़ुल्म पर टिकी हुई है और इसके लिए वह जासूसी भी करती है। उसकी इन शैतानी साज़िशों का पर्दाफ़ाश करने के लिए दक्षिण अफ़्रीका से ग़ज़ाली नाम का जो जासूस आता है वह मारा जाता है और फिर शुरू होता है तफ़्तीश का सिलसिला निःसन्देह 'जहन्नुम की अप्सरा' का दिलचस्प कथानक आपको बाँधे रहेगा और आप इमरान की हरकतों का मज़ा लेते रहेंगे।

इमरान सीरीज़ के अन्य उपन्यास

नीले परिन्दे (6)

नीले परिन्दों की हक़ीक़त क्या है? सईदा के चेहरे पर भी सफ़ेद दाग़ कैसे उभर आते हैं? शौकत का असिस्टेंट सलीम चोरी का झूठा इल्ज़ाम क्यों कबूल करता है? शौकत अपनी प्रयोगशाला में नीले परिन्दे क्यों जलाता है? इन सारे सवालों के जवाब इमरान की ताज़ा पेशकश 'नीले परिन्दे' में मौजूद है।

साँपों के शिकारी (7)

इरशाद तैमूर ऐण्ड बार्टले का हिस्सेदार है। जब उसे तैमूर की असली सूरत का पता चलता है तो वह उसे क़ानून के हवाले करने के लिए अपनी हिकमतें अपनाता है। तैमूर की साज़िशों का पर्दाफ़ाश करने में कई बार इमरान पर भी ख़तरा खड़ा हो जाता है, लेकिन वह अपनी हँसोड़ तबियत के बल पर बच निकलता है। तो आइए, देखें, कैसे हैं ये साँपों के शिकारी।

इब्ने सफ़ी–इब्ने सफ़ी, जिनका असली नाम असरार अहमद था, २६ जुलाई, १९२८ को इलाहाबाद ज़िले के नारा क़स्बे में पैदा हुए थे। बचपन ही से शायरी और क़िस्से-कहानियों का शौक़ था। आगरा विश्वविद्यालय से बी.ए. की डिग्री लेने के बाद वे इलाहाबाद से निकलने वाली उर्दू पत्रिका 'निकहत' से जुड़ गये। जब १९५२ में वहीं से 'जासूसी दुनिया' प्रकाशित होने लगी तो इब्ने सफ़ी ने असरार नारवी, सनकी सोल्जर और तुग़रल फ़रग़ान जैसे नाम छोड़ कर इब्ने सफ़ी के नाम से अगस्त १९५२ में अपना पहला जासूसी उपन्यास 'दिलेर मुजरिम' लिखा और हर महीने एक नया उपन्यास लिखने लगे। १९५२ में वे पाकिस्तान चले आये और कराची में उन्होंने अपना प्रकाशन 'इसरार पब्लिकेशन्स' के नाम से शुरू किया। १९६०-६३ के बीच मानसिक रोग का शिकार होने के बाद जब वे ठीक हुए तो उन्होंने 'डेढ़ मतवाले' नामक उपन्यास से अपनी दूसरी कामयाब 'इमरान सीरीज़' शुरू की और 'जासूसी दुनिया' वाली सीरीज़ भी लिखते रहे। इन उपन्यासों का गुजराती और बंगला समेत अनेक भाषाओं में अनुवाद भी हुआ। जासूसी उपन्यासों के अलावा इब्ने सफ़ी ने शायरी, कहानी और हास्य-व्यंग्य की भी रचनाएँ की हैं। उनका देहान्त अपने ही जन्मदिन २६ जुलाई, १९८० को कराची में हुआ।

चौधरी ज़िया इमाम–चौधरी ज़िया इमाम का जन्म २८ मई, १९७९ को हुआ। वे कई वर्षों से दिल्ली और लखनऊ से प्रकाशित बहुत से नामी समाचार पत्रों के लिए लिखते रहे हैं। वे नार्थ इण्डिया जर्नलिस्ट वेलफ़ेयर एसोसिएशन कि उपाध्यक्ष हैं, साथ ही वेस्टर्न फ़िल्म प्रोड्यूसर्स एसासिएशन के एसोसिएट सदस्य भी हैं। संप्रति वे साप्ताहिक हिन्दी पत्र *भोर हुई* के संपादक पद पर कार्यरत हैं।

नीलाभ–१६ अगस्त, १९४५, बम्बई में जन्म। शिक्षा : एम.ए. तक इलाहाबाद में। पढ़ाई के दौरान ही लेखन की शुरुआत। आजीविका के लिए आरम्भ में प्रकाशन। फिर चार वर्ष बी.बी.सी. की विदेश प्रसारण सेवा में प्रोड्यूसर। १९८४ में भारत वापसी के बाद लेखन पर निर्भर। 'संस्मरणारम्भ', 'अपने आप से लम्बी बातचीत', 'जंगल ख़ामोश है', 'उत्तराधिकार,' 'चीजें उपस्थित हैं', 'शब्दों से नाता अटूट है,' 'ख़तरा अगले मोड़ की उस तरफ़ है' और 'ईश्वर को मोक्ष' (कविता-संग्रह)। शेक्सपियर, ब्रेश्ट तथा लोर्का के नाटकों के रूपान्तर–'पगला राजा', 'हिम्मत माई', 'आतंक के साये', 'नियम का रन्दा, अपवाद का फन्दा' और 'यर्मा' बहुत बार मंच पर प्रस्तुत हुए हैं। इनके अलावा 'मृच्छकटिक' का रूपान्तर 'तख़्ता पलट दो' के नाम से। रंगमंच के अलावा टेलीविज़न, रेडियो, पत्राकारिता, फ़िल्म, ध्वनि-प्रकाश कार्यक्रमों तथा नृत्य-नाटिकाओं के लिए पटकथाएँ और आलेख। महात्मा गांधी अन्तरराष्ट्रीय हिन्दी विश्वविद्यालय के लिए चार खण्डों में हिन्दी के साहित्यिक विवादों, साहित्यिक केन्द्रों और मौखिक इतिहास की शोध परियोजना। जीवनानन्द दास, सुकान्त भट्टाचार्य, एज़रा पाउण्ड, ब्रेश्ट, ताद्यूश रोज़ेविच, नाज़िम हिकमत, अरनेस्तो कादेनाल, निकानोर पार्रा और नेरूदा की कविताओं के अलावा लेर्मोन्तोव के उपन्यास 'हमारे युग का एक नायक' का अनुवाद। वी.एस. नायपॉल के उपन्यास 'ए हाउस फ़ॉर मिस्टर बिस्वास' और सलमान रश्दी के उपन्यास 'दि एनचैंट्रेस ऑफ़ फ़्लोरेंस' के अनुवादों के अलावा इब्ने सफ़ी की जासूसी उपन्यास माला का सम्पादन। नेरूदा की लम्बी कविता 'माच्चू पिच्चू के शिखर' का अनुवाद बहुचर्चित रहा। मंटो की कहानियों के प्रतिनिधि चयन 'मंटो की तीस कहानियाँ' का सम्पादन। दो खण्डों में गद्य–'प्रतिमानों की पुरोहिती' और 'पूरा घर है कविता।' वैचारिक लेखों के चार संग्रह शीघ्र प्रकाश्य। फ़िल्म, चित्रकला, जैज़ तथा भारतीय संगीत में ख़ास दिलचस्पी।

रज़ा अब्बास–रज़ा अब्बास, जिन्होंने जासूसी दुनिया और इमरान सीरीज़ के इतने बेहतरीन आवरण चित्र बनाये हैं, चालीस वर्षों से फ़िल्म पोस्टर का काम और अन्य चित्रकला करते आ रहे हैं। उनका जन्म रायबरेली ज़िले के जैस इलाके में हुआ था। आजकल वे राजपुर रोड, दिल्ली में रहते हैं।